C. G. Jung
Von Traum und Selbsterkenntnis

Einsichten und Weisheiten bei C. G. Jung

C. G. JUNG

Von Traum und Selbsterkenntnis

Ausgewählt von Franz Alt

Walter-Verlag
Olten und Freiburg im Breisgau

Satz: Hieronymus Mühlberger KG, Augsburg
Druck und Einband: Grafische Betriebe
des Walter-Verlags
Printed in Switzerland

ISBN 3-530-40779-8

Inhalt

Vorwort

In den letzten Jahren habe ich gelernt, daß das Unbewußte über Träume ein großer Freund und Ratgeber sein kann. So freue ich mich jeden Abend auf meine Freunde, die Träume.
Der Traum ist das reinste Produkt unseres Unbewußten; er ist – im Gegensatz zu unserem Bewußten – nicht manipulierbar. Viele sagen: «Ich träume nie» oder «Träume sind Schäume». Doch die moderne Traumforschung lehrt uns, daß jeder Mensch träumt, und zwar in jeder Nacht. Wir wissen es nur nicht. Würden wir länger als 14 Tage nicht träumen, wir könnten nicht mehr leben. Träume sind also lebensnotwendig.
In allen älteren Kulturen gilt bis heute der «große Traum» als eine göttliche Botschaft. In unserem Kulturkreis ist das Wissen um die Wahrheit und Wichtigkeit von Träumen leider verschüttet. Wenn die Quellen des Unbewußten nicht mehr sprudeln, verrennt sich unser verarmtes und abgespaltenes Bewußtsein in Sackgassen. Doch immer mehr Menschen wachen auf und werden

sich der Abgründe, an denen wir stehen, bewußt. Träume zeigen uns die Wege, die aus unserer einseitig-rationalistischen Ausweglosigkeit hinführen zu den Grundtatsachen des Menschseins. C. G. Jung und Sigmund Freud haben diese Wege nicht erfunden, aber wieder freigeschaufelt. Die Wege der Träume führen zu Selbsterkenntnis.

Wer eine Jungsche Traum-Analyse gemacht hat, weiß, was er dem Meister der Analytischen Psychologie, der über 80 000 Träume analysierte, zu verdanken hat. Wer lernt, auf seine Träume zu achten, für den ist ein nichtdurchdachter Traum wie ein ungelesener Brief. Wir sehen zu viel fern und zu wenig nach innen. Dabei ist der Traum die beste, intimste und zuverlässigste Informationsquelle, die wir haben. Traumbilder zeigen, was uns im Innersten bewegt. Manche Scheidung, Berufskrise oder Abtreibungskatastrophe könnte vermieden werden, würden wir die wichtigste Fremdsprache, die Sprache unserer Träume, rechtzeitig verstehen lernen. Als Kleinkinder hatten wir nicht über Lesebücher, sondern über Bilderbücher Zugang zur Wirklichkeit. Später ging uns dieser Zugang meist verloren. Mit den Träumen, der «Bildersprache unserer Seele» (Maria Kassel, Das Auge im Bauch), ist es wie mit jeder Sprache. Wir verlernen sie, wenn wir sie nicht mehr benutzen. Aber: «In den Träumen webt die Seele an den Lösungsmöglichkeiten unserer Lebensprobleme» (Helmut Hark, Träume als Ratgeber).

Nacht für Nacht spricht uns die Seele in ihrer Bildersprache an. Ich schreibe mir meine Träume auf. Mit Übung, Ausdauer und gelegentlichen Gesprächen mit guten Therapeuten kann man die Sprache der Träume wieder lernen. Träume zeigen uns nicht nur unsere verdrängten Krisen, sondern auch die Chancen unserer Krisen. Dieses kleine Buch soll eine erste Hilfe zur Selbstheilung bieten. Wer sucht, der findet. Wer bewußter träumt, lebt bewußter.

Baden-Baden, im Sommer 1986 — Franz Alt

VOM TRAUM

Träume sind keine Schäume

Jeder Traum ist Informations- und Kontrollorgan und darum das wirksamste Hilfsmittel beim Aufbau der Persönlichkeit.

(Grundwerk 1, 114)

Der Traum ist ein Stück *unwillkürlicher* psychischer Tätigkeit, das gerade soviel Bewußtheit hat, um im Wachzustand reproduzierbar zu sein. Unter den seelischen Erscheinungen bietet der Traum vielleicht am meisten «irrationale» Gegebenheiten. Er scheint ein Minimum von jener logischen Verknüpftheit und Hierarchie der Werte mitbekommen zu haben, die die sonstigen Bewußtseinsinhalte aufweisen, und ist darum weniger durchschaubar und faßbar. Logisch, moralisch und ästhetisch befriedigend kombinierte Träume gehören ja zu den Ausnahmen. In der Regel ist der Traum ein sonderbares und fremdartiges Gebilde, das sich durch viele «schlechte Eigenschaften», wie Mangel an Logik, zweifelhafte Moral, unschöne Gestaltung und offensichtliche Widersinnigkeit oder Sinnlosigkeit auszeichnet. Man tut ihn deshalb gerne als dumm, sinn- und wertlos ab.

(Grundwerk 1, 169)

Im Psychischen erscheint uns alles, als ob es willkürlich und unserem Gutdünken unterworfen sei. Dieses allgemeine Vorurteil stammt daher, daß wir das Psychische zu sehr mit dem Bewußtsein verwechseln. Es gibt aber unzählige und dazu sehr wichtige psychische Vorgänge, die unbewußt oder nur indirekt bewußt sind. Vom Unbewußten können wir ja direkt gar nichts wissen, aber indirekt empfangen wir doch Wirkungen, die uns zu Bewußtsein kommen. Wenn uns nun im Bewußtsein alles willkürlich erscheint, so können wir dort anscheinend nirgends ein objektives Kriterium der *Erkenntnis unserer selbst* entdecken. Und doch gibt es ein solches, das unabhängig von Wunsch und Befürchtung untrüglich als ein Produkt der Natur selbst uns die Wahrheit über uns selber erkennen läßt. Diese objektive Konstatierung finden wir in einem Projekt der psychischen Tätigkeit, dem wir wohl zuallerletzt eine solche Bedeutung beimessen würden. Es ist dies nämlich der *Traum*.
Was ist nun der Traum? Der Traum ist ein Pro-

dukt der unbewußten seelischen Tätigkeit während des Schlafes. In diesem Zustand ist die Seele unserer bewußten Willkür in hohem Maße entzogen. Wir können mit dem kleinen Rest von Bewußtsein, das uns im Traumzustand noch übriggeblieben ist, nur noch wahrnehmen, was sich ereignet; wir sind aber nicht mehr in der Lage, nach Wunsch und Absicht den Ablauf der psychischen Ereignisse zu lenken, und so sind wir auch der Möglichkeit beraubt, uns zu täuschen. Der Traum ist ein auf der unabhängigen Tätigkeit des Unbewußten beruhender automatischer Vorgang, der unserer Willkür ebenso entzogen ist wie zum Beispiel der physiologische Vorgang der Verdauung. Wir haben es daher mit einem absolut objektiven psychischen Vorgang zu tun, aus dessen Natur wir objektive Schlüsse auf den wirklich vorhandenen psychischen Zustand ziehen können.

All dies zugegeben, werden Sie sagen, aber wie in aller Welt sollte es möglich sein, aus dem zufälligen und konfusen Wirrwarr der Traumvorstellungen einen zuverlässigen Schluß ziehen zu können? Darauf muß ich zunächst antworten, daß der Traum nur scheinbar konfus und zufällig ist. Bei näherem Zusehen entdecken wir einen auffälligen inneren Zusammenhang der Traumbilder, nicht nur untereinander, sondern auch mit den Inhalten des wachen Bewußtseins. Zu dieser Entdeckung kam man durch eine relativ einfache Prozedur, die folgendermaßen vor sich geht: Man teilt den Traumtext in seine einzelnen Sätze oder Bilder und sammelt nun sorgfältig alle freien Einfälle zu jedem Stück des Traumes. Durch diese Arbeit nehmen wir nun bald einen höchst intimen Zusammenhang wahr zwischen den Traumbildern und den Dingen, die uns im Wachsein innerlich beschäftigen, allerdings ohne daß es uns zunächst klar wird, wie dieser Zusammenhang zu verstehen ist. Wir haben durch das Sammeln der Einfälle erst den vorbereitenden Teil der Traumanalyse geleistet, allerdings einen sehr wichtigen Teil: Wir gewinnen dadurch den sogenannten *Kontext* des Traumbildes, der uns all die mannigfaltigen Beziehungen des Traumes zu den Inhalten des Bewußtseins aufdeckt und uns zeigt, wie der Traum aufs innigste mit allen Tendenzen der Persönlichkeit verwoben ist.

Wenn wir dermaßen alle Seiten des Traumes abgeleuchtet haben, so können wir an den zweiten Teil unserer Aufgabe herantreten, nämlich an die *Deutung* des vorliegenden Materials. Wie überall in der Wissenschaft müssen wir auch hier möglichst vorurteilsfrei verfahren. Wir müssen sozusagen das Material sprechen lassen. In sehr vielen Fällen genügt schon der Anblick des Traumbildes und des gesammelten Materials, um uns die Bedeutung des Traumes wenigstens ahnen zu lassen. Es bedarf in solchen Fällen keiner besonderen Gedankenarbeit, um uns des Traumsinnes zu bemächtigen. In anderen Fällen aber bedarf es einer mühsamen Deutungsarbeit, wobei wir die wissenschaftliche Erfahrung zu Hilfe nehmen müssen. [Siehe dazu das 4. und 5. Kapitel dieses Bandes.]

(Lesebuch 113 ff.)

Natürlich sind Traumbilder Antworten auf äußere Fakten und Umstände, aber es sind *Antworten der Psyche* und somit genaue Abbilder psychischer Gegebenheiten.

(Briefe I, 257)

Die Träume enthalten Bilder und gedankliche Zusammenhänge, die wir nicht mit bewußter Absicht erzeugen. Sie entstehen spontan, ohne unser Zutun, und stellen somit eine der Willkürlichkeit entzogene psychische Tätigkeit dar. Der Traum ist daher eigentlich ein höchst objektives, sozusagen ein Naturprodukt der Psyche, weshalb man von ihm zum mindesten Hinweise und

Anspielungen auf gewisse Grundtendenzen des seelischen Prozesses erwarten darf. Da nun der psychische Lebensprozeß – wie jeder Lebensprozeß – nicht bloß ein kausaler Ablauf, sondern auch ein final orientierter, zweckmäßiger Vorgang ist, so darf man vom Traum, der nichts anderes als eine Selbstabbildung des psychischen Lebensprozesses darstellt, Indizien über eine objektive *Ursächlichkeit* sowohl wie über objektive *Tendenzen* erwarten.

(Grundwerk 3, 15 f.)

Der Traum bietet sich an als der am bequemsten zugängliche Ausdruck der unbewußten Prozesse. Er ist sozusagen ein Reinprodukt des Unbewußten. Die Veränderungen, die er im Prozeß des Bewußtwerdens erleidet, sind nicht zu bezweifeln, fallen jedoch außer Betracht, indem sie ebenfalls unbewußter Provenienz und nicht etwa absichtliche Entstellungen sind. Die möglichen Veränderungen des ursprünglichen Traumbildes entstammen einer mehr oberflächlichen Schicht des Unbewußten und bestehen somit aus ebenfalls verwertbarem unbewußtem Material. Es sind *Weiterdichtungen* im Sinne des Traumes. Dies gilt auch von den häufigen nachträglichen Vorstellungen, die im Halbschlummer oder unmittelbar beim Erwachen «freisteigend» auftreten.

(Grundwerk 2, 263)

Selbst der gläubige Christ kennt Gottes verborgene Wege nicht und muß es ihm anheimstellen, ob er von außen oder von innen durch die Seele auf den Menschen wirken will. So darf der Gläubige die Tatsache nicht bestreiten, daß es «somnia a Deo missa» (von Gott gesandte Träume) und Erleuchtungen seiner Seele gibt, welche auf keine äußeren Ursachen zurückgeführt werden können. Es wäre Blasphemie, zu behaupten, daß Gott sich überall offenbaren könne, nur gerade nicht in der menschlichen Seele.

(Grundwerk 5, 16)

Das Ausbleiben von Träumen hat verschiedene Gründe. Die gewöhnliche Ursache: das seelische Leben interessiert einen nicht, und man richtet seine Aufmerksamkeit auf nichts, was damit zusammenhängt. Eine andere Ursache: man hat sich mit seinen bewußten Problemen nicht genügend auseinandergesetzt und wartet auf Träume, d. h. darauf, daß das Unbewußte eingreife; eine dritte Ursache: die Träume sind sozusagen in eine Person der Umgebung ausgewandert, deren

Träume dann einen ungewöhnlichen Charakter annehmen.* Schließlich eine vierte Ursache: ein seelischer Zustand, bei dem sich Träume erübrigen, da die Einstellung des Bewußtseins nicht kompensiert werden muß.

* Jung bringt das Beispiel eines achtjährigen Knaben, der die erotische und religiöse Problematik des Vaters träumte. Der Vater, den Jung analytisch behandelte, konnte keinen einzigen Traum erinnern. So analysierte er die Träume des Sohnes. In dem Augenblick, als der Vater seine Träume zu erinnern begann, hörten diejenigen des Knaben auf. Vgl. Werke 17, 66.

(Briefe III, 262)

Nicht alle Träume sind von gleicher Wichtigkeit. Schon die Primitiven unterscheiden «kleine» und «große» Träume. Wir würden etwa sagen «unbedeutende» und «bedeutende» Träume. Genauer besehen sind die «kleinen» Träume die allnächtlichen Phantasiefragmente, die der subjektiven und persönlichen Sphäre entstammen und sich hinsichtlich ihrer Bedeutung in der Alltäglichkeit erschöpfen. Deshalb werden solche Träume auch leicht vergessen, weil eben ihre Gültigkeit nicht weiter reicht als die täglichen Schwankungen des seelischen Gleichgewichts. Bedeutungsvolle Träume dagegen werden oft ein Leben lang im Gedächtnis bewahrt, und nicht selten bilden sie das Kernstück in der Schatzkammer seelischer Erlebnisse. Wie viele Menschen habe ich angetroffen, die es bei der ersten Begegnung nicht lassen konnten zu sagen: «Ich habe einmal einen Traum gehabt!» Gelegentlich war es der erste Traum, an den sie sich überhaupt erinnern konnten und der zwischen dem dritten und fünften Lebensjahr zustande kam. Ich habe viele solcher Träume untersucht und fand an ihnen häufig eine Besonderheit, die sie vor anderen Träumen auszeichnet. Es kommen in ihnen nämlich symbolische Gebilde vor, denen wir auch in der Geschichte des menschlichen Geistes begegnen. Bemerkenswert ist, daß der Träumer von der Existenz solcher Parallelen keine Ahnung zu haben braucht.

(Grundwerk 1, 177 f.)

Es gibt Menschen, die von Zeit zu Zeit immer wieder denselben Traum haben. Namentlich kommt dies in jugendlichem Alter vor; gelegentlich aber erstreckt sich eine solche Wiederholung auch über mehrere Jahrzehnte. Dabei handelt es sich nicht selten um sehr eindrucksvolle Träume, wo man unbedingt das Gefühl hat, daß sie «doch etwas heißen müssen». Dieses Gefühl besitzt insofern seine Berechtigung, als man auch bei größter Vorsicht nicht um die Annahme herumkommt, daß von Zeit zu Zeit eine bestimmte psychische Situation eintritt, die den Traum veranlaßt. Eine «psychische Situation» ist aber etwas, das, wenn es formuliert werden kann, identisch ist mit einem bestimmten *Sinn* – dies allerdings nur, wenn man sich nicht auf die durchaus unbewiesene Hypothese versteift, daß alle Träume auf Magenverstimmungen, Rückenlage des Schläfers und dergleichen mehr zurückzuführen seien. Solche Träume legen es einem in der Tat nahe, einen gewissen kausalen Sinngehalt wenigstens zu vermuten. Dasselbe gilt von den sogenannten typischen Motiven, die sich viele Male in längeren Traumserien wiederholen. Auch hier kann man sich schwer des Eindruckes erwehren, daß «damit etwas gemeint» sei.

(Grundwerk 1, 170 f.)

Jeder sich wiederholende Traum bezieht sich auf ein und dieselbe psychische Situation, die solange besteht, wie der Traum sich wiederholt. Das Unbewußte wiederholt das Geschehen als eine Art kompensatorischen Aktes mit dem Ziel, es ins Gedächtnis zurückzurufen, damit es ins Bewußtsein eingeordnet werden kann.

(Briefe II, 124)

Träume sind wichtige Wegweiser

Der Traumanalyse muß eine ganz besondere Aufmerksamkeit geschenkt werden. Denn manchmal handelt es sich sogar um direkte Lebensgefahr.
(Grundwerk 1, 110)

Um Ihnen das Gesagte zu illustrieren, will ich Ihnen ein kleines praktisches Beispiel eines Traumes samt seiner Deutung vorlegen.
Der Träumer ist ein akademisch gebildeter Mann von etwa fünfzig Jahren. Ich war nur gesellschaftlich mit ihm bekannt, und unsere gelegentliche Konversation war seinerseits meistens mit einigen spöttischen Anspielungen auf die «Traumdeuterei» gewürzt. So begegneten wir uns wieder einmal, und er fragte mich lachend, ob ich noch immer Träume deute. Wie stets bei solchen Gelegenheiten sagte ich ihm auch diesmal, daß er offenbar sehr unrichtige Vorstellungen von der Natur der Träume habe, worauf er entgegnete, er hätte jüngst einen Traum gehabt,

den ich ihm deuten solle. Ich ließ mich darauf ein, und er erzählte mir folgenden Traum: *Er befand sich allein auf einer Bergtour. Er wollte einen sehr hohen, steilen Berg besteigen, den er vor sich aufragen sah. Zuerst war der Aufstieg etwas mühsam; dann aber, je höher er stieg, desto mehr zog es ihn aufwärts zum Gipfel. Er stieg immer rascher, und allmählich geriet er in eine Art Ekstase. Es war ihm, als flöge er empor, und als er auf den Gipfel gelangte, da hatte er das Gefühl, alle Schwere verloren zu haben, und er schritt über den Gipfel hinaus in die leere Luft.* Hier erwachte er.

Nun wollte er wissen, was ich zu diesem Traum meinte. Ich wußte, daß er nicht nur ein geübter, sondern auch ein begeisterter Bergsteiger war. Darum war ich auch nicht erstaunt, die alte Regel, daß der Traum sich üblicherweise in der Sprache des Träumers ausdrückt, wieder einmal bestätigt zu finden. Da ich wußte, wie wichtig ihm das Bergsteigen war, veranlaßte ich ihn, mir vom Bergsteigen zu erzählen. Er ging bereitwillig darauf ein und erzählte mir, daß er besonders gern allein ginge, führerlos, weil gerade die Gefahr ungeheuer anziehend wäre. Er erzählte mir auch von einigen recht gefährlichen Touren, deren Gewagtheit mir besonders eindrucksvoll war. Ich wunderte mich im stillen, was ihn wohl bewöge, solche gefahrvolle Situationen anscheinend mit besonderer Lust aufzusuchen. Er dachte offenbar etwas ähnliches, denn er fügte, ernster werdend, bei, er fürchte die Gefahr nicht, denn der Tod in den Bergen wäre für ihn etwas Schönes.

Diese Bemerkung warf ein bedeutsames Licht auf den Traum. Offenbar suchte er auch die Gefahr, vielleicht mit dem uneingestandenen Motiv des Selbstmordes. Warum aber sollte er den Tod suchen? Dafür mußten besondere Gründe bestehen. Ich warf daher ein, daß ein Mann in seiner Stellung sich doch solchen Gefahren nicht aussetzen sollte. Worauf er aber sehr entschieden sagte, die Berge lasse er sich nicht nehmen, er *müsse* dorthin gehen, hinaus aus der Stadt, weg von seiner Familie. Dieses Leben zu Hause lohne sich nicht. Damit war nun ein Zugang eröffnet zu den intimen Gründen seiner Leidenschaft. Ich vernahm von ihm, daß seine Ehe zerrüttet sei und ihn nichts zu Hause feßle. Auch seiner beruflichen Arbeit schien er mehr oder weniger überdrüssig zu sein. So erklärte sich seine unheimliche Leidenschaft für die Berge: sie bedeuteten ihm Erlösung von einer ihm unerträglich gewordenen Existenz.

So erklärte sich nun auch sein Traum. Weil er doch noch am Leben hängt, ist der Aufstieg zu den Bergen am Anfang mühsam. Je mehr er sich aber seiner Leidenschaft überläßt, desto mehr reißt sie ihn hin und beflügelt seine Schritte. Sie reißt ihn schließlich über sich selber hinaus, er verliert seine Schwere, seinen Körper, und er steigt noch höher als die Berge, er tritt in die leere Luft hinaus. Offenbar ist dies der Tod in den Bergen.

Nach einigem Schweigen sagte er plötzlich: «Nun haben wir ja von ganz anderen Dingen gesprochen. Sie wollten ja meinen Traum deuten. Was halten Sie denn davon?» Ich sagte ihm ehrlich meine Meinung, daß er nämlich den Tod in den Bergen suche, und daß er bei einer solchen Einstellung größte Gefahr laufe, auch wirklich den Tod zu finden. Er antwortete lachend: «Das ist ja Unsinn. Ich suche im Gegenteil Erholung in den Bergen.»

Es war ganz vergebens, ihm den Ernst der Lage klarzumachen. Ein halbes Jahr später, beim Abstieg von einer höchst gefährlichen Spitze, trat er buchstäblich ins Leere, fiel auf einen unter ihm stehenden Bergführer, den er mit sich riß, und beide fielen zu Tode.

Aus diesem Traum können Sie sehen, was die

Funktion des Traumes überhaupt ist. Er bildet gewisse lebenswichtige Grundtendenzen der Persönlichkeit ab, entweder solche, deren Bedeutung sich über das ganze Leben erstreckt, oder solche, die mehr momentan von besonderer Wichtigkeit sind. Darüber macht der Traum eine objektive Feststellung, die sich um bewußte Wünsche und Überzeugungen nicht kümmert. Sie werden auch, angesichts dieses Traumes, mir beipflichten, daß unter Umständen die Berücksichtigung des Traumes im bewußten Leben von unschätzbarer Wichtigkeit sein kann, auch wenn es sich nicht gerade um eine Frage von Leben und Tod handelt.

Wieviel moralischen Gewinn hätte der Träumer zum Beispiel aus der Erkenntnis seiner gefährlichen Maßlosigkeit allein schon für sein praktisches Leben ziehen können!

Das ist der Grund, warum wir Seelenärzte auf die uralte Kunst der Traumdeutung zurückgreifen. Wir haben Erwachsene zu erziehen, die nicht mehr wie Kinder sich durch Autorität leiten lassen, deren Lebensweg überdies auch so individuell ist, daß wohl kein noch so kompetenter Ratgeber ihnen den allein richtigen Weg vorschreiben könnte. Deshalb müssen wir die Seele des Menschen selber zum Sprechen bringen, damit er von innen heraus verstehe, wie es um ihn beschaffen ist.

(Lesebuch 115 ff.)

Folgendes Beispiel diene zur Illustration des Gesagten:

Ein Mann in führender Stellung konsultiert mich. Er leidet an Ängstlichkeit, Unsicherheit, Schwindel, gelegentlich bis zum Erbrechen, Benommenheit des Kopfes, Atembeklemmung: ein Zustand, welcher der Bergkrankheit zum Verwechseln ähnlich sieht. Der Patient hat eine außerordentlich erfolgreiche Karriere hinter sich. Er begann sein Leben als strebsamer Sohn eines armen Bauern und stieg durch großen Fleiß und gute Begabung von Stufe zu Stufe bis zu einer führenden Stellung, welche für einen noch weiteren sozialen Aufstieg ungemein aussichtsreich war. In der Tat hatte er nunmehr das eigentliche Sprungbrett erreicht, von dem er den Flug ins Weite hätte antreten können, wenn nicht plötzlich seine Neurose dazwischengetreten wäre. Der Patient konnte nicht umhin, an dieser Stelle jene nur allzu bekannte Phrase auszusprechen, welche mit den stereotypen Worten beginnt: «Und gerade jetzt, wo . . .» usw. Die Symptomatologie der Bergkrankheit scheint besonders geeignet zu sein, die eigentümliche Situation des Patienten drastisch darzustellen.

Der Patient hatte auch gleich zwei Träume der letzten Nacht zur Konsultation mitgebracht. Der erste Traum lautet: *«Ich bin wieder in dem kleinen Dorf, wo ich geboren wurde. Auf der Straße stehen einige Bauernjungen zusammen, die mit mir zur Schule gegangen sind. Ich tue so, als ob ich sie nicht kenne und gehe an ihnen vorüber. Da höre ich, wie einer von ihnen sagt, auf mich deutend: ‹Der kommt auch nicht oft in unser Dorf zurück›.»*

Es bedarf keiner Deutungsakrobatik, um in diesem Traum den Hinweis auf den bescheidenen Ausgangspunkt seiner Karriere zu erkennen und zu verstehen, was diese Andeutung besagen will. Sie meint offenbar: «Du vergißt, wie tief unten Du begonnen hast.»

Der zweite Traum lautet: *«Ich bin in größter Hast, da ich verreisen will. Ich suche noch mein Gepäck zusammen, finde nichts. Die Zeit eilt, der Zug wird bald abfahren. Endlich gelingt es mir, meine Siebensachen zusammenzukriegen, ich eile auf die Straße, entdecke, daß ich eine Mappe mit wichtigen Schriftstücken vergessen habe, eile atemlos zurück, finde sie endlich, renne dann zum Bahnhof, komme aber kaum vorwärts.*

Endlich, mit letzter Anstrengung, stürze ich auf den Bahnsteig, um zu sehen, wie der Zug eben aus der Halle hinausfährt. Er fährt in einer merkwürdigen S-förmigen Kurve, ist sehr lang, und ich denke, wenn der Lokomotivführer nun nicht aufpaßt und Volldampf gibt, sobald er die gerade Strecke erreicht, dann sind die hinteren Wagen des Zuges noch in der Kurve und werden durch die Beschleunigung aus dem Geleise geworfen. Tatsächlich gibt der Lokomotivführer Volldampf, ich versuche zu schreien, die hinteren Wagen schwanken entsetzlich und werden nun wirklich aus dem Geleise geworfen. Es ist eine furchtbare Katastrophe. Ich erwache mit Angst.»
Auch hier kostet es keine Mühe, die Darstellung des Traumes zu verstehen. Der Traum schildert zunächst die vergebliche nervöse Hast, doch noch weiterzukommen. Da der Lokomotivführer vorne aber doch rücksichtslos vorwärts fährt, entsteht hinten die Neurose, das Schwanken und die Entgleisung.
Der Patient hat offenbar im gegenwärtigen Abschnitt seines Lebens seinen Höhepunkt erreicht, niedere Herkunft und die Mühe des langen Aufstiegs haben seine Kräfte erschöpft. Er sollte sich mit dem Erreichten begnügen, statt dessen treibt ihn sein Ehrgeiz weiter, höher hinauf in eine für

ihn zu dünne Luft, an die er nicht angepaßt ist. Deshalb erreicht ihn die warnende Neurose. Aus äußeren Gründen konnte ich den Patienten nicht weiter behandeln, und meine Auffassung behagte ihm auch nicht. Infolgedessen nahm das in diesem Traum skizzierte Schicksal seinen Lauf. Er versuchte ehrgeizig, seine Chancen auszunützen, und entgleiste bei dieser Gelegenheit beruflich so völlig, daß die Katastrophe zur Wirklichkeit wurde. Was die bewußte Anamnese nur vermuten ließ, nämlich die Bergkrankheit als symbolische Darstellung des Nicht-mehr-weiter-steigen-Könnens, wird durch die Träume als Tatsache erhärtet.

(Grundwerk 1, 100 ff.)

Tatsächlich sind Träume unparteiische, der Willkür des Bewußtseins entzogene, spontane Produkte der unbewußten Seele. Sie sind reine Natur und deshalb von unverfälschter, natürlicher Wahrheit, daher wie nichts anderes geeignet, uns dann eine dem menschlichen Grundwesen entsprechende Haltung wiederzugeben, wenn sich unser Bewußtsein zu weit von seiner Grundlage entfernt und in einer Unmöglichkeit festgefahren hat.

(Werke 10, 173)

Träume zeigen die eigentliche Wirklichkeit

Der Traum gehorcht nicht nur nicht unserem Willen, sondern stellt sich sogar recht häufig in grellen Gegensatz zu den Absichten des Bewußtseins.

(Grundwerk 1, 174)

Da nun der Sinn der meisten Träume nicht mit den Tendenzen des Bewußtseins zusammenfällt, sondern eigentümliche Abweichungen aufweist, müssen wir annehmen, daß das Unbewußte, die Matrix der Träume, eine selbständige Funktion hat. Ich bezeichne dies als *Autonomie des Unbewußten* ... Der Gegensatz ist aber nicht immer so ausgeprägt; zuweilen kann der Traum auch nur in geringem Maße von der bewußten Einstellung oder Tendenz abweichen und Modifikationen anbringen; ja, er kann sogar gelegentlich mit Inhalt und Tendenz des Bewußtseins koinzidieren. Um dieses Verhalten zu formulieren, bot sich mir als einzig möglicher Begriff der der *Kompensation* an, welcher allein imstande ist, wie mir scheint, alle Verhaltensweisen des Traumes sinnvoll zusammenzufassen. Die Kompensation ist, wie der Terminus besagt, eine Gegeneinanderhaltung und Vergleichung verschiedener Daten oder Standpunkte, wodurch ein Ausgleich oder eine Berichtigung entsteht.

In dieser Hinsicht gibt es drei Möglichkeiten. Wenn die Einstellung des Bewußtseins zur Lebenssituation in hohem Maße einseitig ist, stellt sich der Traum auf die Gegenseite. Hat das Bewußtsein eine der «Mitte» relativ angenäherte Stellung, so begnügt sich der Traum mit Varianten. Ist die Stellung des Bewußtseins aber «korrekt» (adäquat), so koinzidiert der Traum und unterstreicht damit dessen Tendenz, ohne jedoch dabei seine ihm eigentümliche Autonomie zu verlieren. Da man indessen nie mit Sicherheit weiß, wie die Bewußtseinssituation eines Patienten zu bewerten ist, so ist dadurch eine Traumdeutung ohne Befragung des Träumers von vornherein ausgeschlossen.

(Grundwerk 1, 174 f.)

Wenn aber die Träume so wesentliche Kompensationen hervorbringen, warum sind sie dann nicht verständlich? Diese Frage wurde mir oft gestellt. Darauf muß man antworten, daß der

Traum ein Naturereignis ist und daß die Natur keinerlei Neigung bekundet, ihre Früchte gewissermaßen gratis und der menschlichen Erwartung entsprechend zur Verfügung zu stellen. Man wendet oft ein, daß die Kompensation ja unwirksam sei, wenn der Traum nicht verstanden wird. Das ist aber nicht so sicher, da ja vieles wirkt, ohne daß es verstanden wird. Zweifellos aber können wir durch das Verstehen die Wirkung beträchtlich steigern, was oft notwendig ist, weil das Unbewußte überhört werden kann. (Grundwerk 1, 181)

Der wesentliche Inhalt der Traumhandlung ist eine Art von feinabgestimmter Kompensation für eine gewisse Einseitigkeit, Irrtümlichkeit, Abweichung oder sonstige Defektuosität des bewußten Standpunktes. Eine meiner hysterischen Patientinnen, eine Aristokratin, die sich überflüssigerweise unendlich distinguiert vorkam, begegnete in ihren Träumen serienweise schmutzigen Fischweibern und betrunkenen Prostituierten. In extremen Fällen werden die Kompensationen dermaßen bedrohlich, daß aus Angst davor Schlaflosigkeit eintritt.

Der Traum kann einen also peinlichst desavouieren oder in anscheinend wohlwollender Weise moralisch stützen. Das erstere kommt gerne vor bei Leuten, die eine zu gute Meinung von sich haben, wie die eben erwähnte Patientin, das letztere bei solchen, die sich für zu gering halten. Gelegentlich wird aber im Traum der Überhebliche nicht etwa bloß gedemütigt, sondern zu einem unwahrscheinlichen Rang erhöht, und zwar bis zur Lächerlichkeit, der allzu Demütige ebenso unwahrscheinlich erniedrigt ...

Bei vielen Leuten, die etwas, aber nicht genug von Träumen und deren Bedeutung wissen, entsteht unter dem Eindruck einer raffinierten und wie absichtlich erscheinenden Kompensation gerne das Vorurteil, der Traum habe tatsächlich eine moralische Absicht, er warne, tadle, tröste, sage voraus usw.

Man läßt sich dadurch, daß man meint, das Unbewußte wisse ja alles besser, leicht verleiten, nötige Entscheidungen und Entschlüsse den Träumen zuzuschieben, und ist dann entsprechend enttäuscht, wenn die Träume immer nichtssagender werden. Die Erfahrung hat mir gezeigt, daß bei einiger Kenntnis der Traumpsychologie sich leicht eine Überschätzung des Unbewußten einstellt, welche die bewußte Entschlußkraft beeinträchtigt. Das Unbewußte funktioniert aber nur befriedigend, wenn das Bewußtsein seine Aufgaben bis zum Rande der Möglichkeiten erfüllt. Was dann noch fehlt, vermag vielleicht ein Traum zu ergänzen, oder er kann einem da weiterhelfen, wo auch das beste Bemühen versagt hat.

(Grundwerk 1, 183)

Das Unbewußte ist kein dämonisches Ungeheuer, sondern ein moralisch, ästhetisch und intellektuell indifferentes Naturwesen, das nur dann wirklich gefährlich wird, wenn unsere bewußte Einstellung dazu hoffnunglos unrichtig ist. In dem Maße, wie wir verdrängen, steigt die Gefährlichkeit des Unbewußten. In dem Moment aber, wo der Patient beginnt, seine unbewußt gewesenen Inhalte zu assimilieren, vermindert sich auch die Gefährlichkeit des Unbewußten. Die Persönlichkeitsdissoziation, die ängstliche Trennung von Tag- und Nachseite hört mit fortschreitender Assimilation auf.

Was mein Kritiker fürchtet, nämlich die Überwältigung des Bewußtseins durch das Unbewußte, tritt eben gerade dann am ehesten ein, wenn das Unbewußte am Mitleben durch Verdrängung, durch falsche Deutung und Entwertung gehindert wird.

(Grundwerk 1, 112 f.)

Aus all diesen Gründen mache ich es zur heuristischen Regel, mir bei jedem Traumdeutungsversuch die Frage vorzulegen: Welche bewußte Einstellung wird durch den Traum kompensiert? Damit setze ich, wie ersichtlich, den Traum in engste Beziehung zur Bewußtseinslage, ja, ich muß sogar behaupten, daß ein Traum ohne Kenntnis der bewußten Situation überhaupt nie auch nur mit annähernder Sicherheit gedeutet werden kann. Nur aus der Kenntnis der Bewußtseinslage heraus ist es möglich, auszumachen, welches Vorzeichen den unbewußten Inhalten zu geben ist. Der Traum ist ja kein isoliertes, vom Tagleben und dessen Charakter völlig abgeschnittenes Ereignis. Erscheint er uns so, so ist das nichts als unser Nichtverstehen, eine subjektive Illusion. In Wirklichkeit besteht zwischen dem Bewußtsein und dem Traum strengste Kausalität und ein aufs feinste abgewogenes Beziehungsverhältnis.

Ich möchte diese wichtige Prozedur der Bewertung unbewußter Inhalte an einem Beispiel erläutern. Ein junger Mann brachte mir folgenden Traum: *«Mein Vater fährt in seinem neuen Wagen von zu Hause fort. Er fährt sehr ungeschickt, und ich rege mich über seine anscheinende Dummheit auf. Der Vater fährt nun kreuz und quer und rückwärts, wodurch er den Wagen in eine gefährliche Lage bringt, und schließlich rennt er in eine Mauer hinein, wobei der Wagen schwer beschädigt wird. Ich rufe ihm in hellstem Zorne nach, er solle sich doch vernünftig benehmen. Da lacht mein Vater, und ich sehe, daß er total betrunken ist.»*

Dem Traum liegt kein wirkliches Ereignis dieser Art zugrunde. Der Träumer ist sicher, daß sein Vater, auch wenn er betrunken wäre, sich niemals so benehmen würde. Er selber ist Automobilist, sehr sorgfältig, in Alcoholicis durchaus mäßig, besonders wenn er fährt; er kann sich in hohem Maße über ungeschicktes Fahren und kleine Beschädigungen am Wagen aufregen. Das Verhältnis zu seinem Vater ist positiv. Er bewundert ihn, weil er ein ungewöhnlich erfolgreicher Mann sei. Ohne weitere Deutekunststücke kann man sagen, daß der Traum ein für den Vater äußerst ungünstiges Bild entwirft.

In welchem Sinne also werden wir die Frage nach der Bedeutung dieses Traumes für den Sohn zu beantworten haben? Ist sein Verhältnis zum Vater nur scheinbar gut und besteht es in Wirklichkeit aus überkompensierten Widerständen? In diesem Falle müßte man dem Trauminhalt ein positives Vorzeichen geben, d. h., man müßte sagen: «Das ist Ihr wirkliches Verhältnis zu Ihrem Vater.» Da im wirklichen Verhältnis des Sohnes zum Vater nichts neurotisch Zweideutiges auffindbar ist, so wäre es ungerechtfertigt, das Gefühl des jungen Mannes mit einer solchen vernichtenden Denkweise zu beschweren. Therapeutisch wäre das einfach ein Mißgriff.

Ist sein Verhältnis zum Vater aber tatsächlich ein gutes, warum muß der Traum dann künstlich eine so unwahrscheinliche Geschichte erfinden, um den Vater zu diskreditieren? Es muß im Unbewußten des Träumers eine Tendenz vorhanden sein, einen solchen Traum zu produzieren. Ist das so, weil er doch Widerstände hat, vielleicht aus Neid oder sonstigen minderwertigen Motiven? Bevor wir sein Gewissen beschweren, was bei empfindsamen jungen Leuten sowieso eine etwas gefährliche Sache ist, wollen wir lieber einmal fragen – nicht *warum*, sondern *wozu* hat er einen solchen Traum?

Die Antwort in diesem Falle würde lauten: Sein Unbewußtes will offenkundig den Vater heruntersetzen. Nehmen wir diese Tendenz als kompensatorische Tatsache, so sind wir zu dem Schluß gedrängt, daß sein Verhältnis zum Vater nicht nur gut, sondern sogar zu gut ist. Er ist nun in der Tat, was die Franzosen fils à papa nennen.

Der Vater ist noch zu viel Garantie seines Lebens, und der Träumer lebt noch zu sehr das, was ich *provisorisches* Leben nenne. Es ist sogar eine besondere Gefahr, daß er vor lauter Vater seine eigene Wirklichkeit nicht sieht, weshalb das Unbewußte zu einer künstlichen Blasphemie greift, um den Vater herunter- und damit den Träumer heraufzusetzen. Gewiß, eine unmoralische Prozedur! Ein uneinsichtiger Vater würde sich dagegen wohl verwahren, aber es ist eine überaus zweckmäßige Kompensation, denn sie drängt den Sohn in einen Gegensatz zum Vater, ohne welchen er nie zur Bewußtheit seiner selbst gelangen könnte.

Letztere Deutung war die richtige und schlug dementsprechend ein, d. h., sie erreichte das spontane Einverständnis des Träumers, und kein wirklich vorhandener Wert ward dabei gekränkt, weder beim Vater noch beim Sohn. Diese Deutung war aber nur möglich durch eine sorgfältige Ableuchtung der ganzen bewußten Phänomenologie des Vater-Sohn-Verhältnisses. Ohne Kenntnis der bewußten Lage wäre der wirkliche Traumsinn in suspenso geblieben.

(Grundwerk 1, 114 ff.)

Zur Deutung der Träume

Freuds «*Traumdeutung*» (1900) ist ein epochemachendes Werk und wohl der kühnste Versuch, der je gemacht wurde, auf dem scheinbar festen Boden der Empirie die Rätsel der unbewußten Psyche zu meistern.
(Grundwerk 9, 265)

Ich konnte Freuds Behauptung, daß die Methode der Analyse mit seiner Sexualtheorie identisch sei, nicht beipflichten, ebensowenig konnte ich seiner Theorie der Träume als Wunscherfüllungen zustimmen.
(Briefe II, 191)

Es bedarf durchaus nicht eines sechsten Sinnes, um Träume verstehen zu können. Aber es braucht mehr als geistlose Schemata, wie sie sich in vulgären Traumbüchlein finden oder sich fast stets unter dem Einfluß vorgefaßter Meinungen entwickeln. Die stereotype Auslegung von Traummotiven ist abzulehnen; gerechtfertigt sind nur spezifische, durch sorgfältige Kontextaufnahmen eruierbare Bedeutungen. Auch wenn man eine große Erfahrung auf diesem Gebiet besitzt, so ist man doch immer wieder genötigt, vor jedem Traum sein Nichtwissen sich einzugestehen und, auf alle vorgefaßten Meinungen verzichtend, sich auf etwas gänzlich Unerwartetes einzustellen.

(Grundwerk 1, 174)

Träumt zum Beispiel jemand von einem Tisch, so weiß man noch lange nicht, was der «Tisch» des Träumers bedeutet, obwohl das Wort Tisch unzweideutig genug zu sein scheint. Wir wissen nämlich eines nicht, und zwar, daß dieser Tisch gerade jener Tisch ist, an dem sein Vater saß, als er dem Träumer jegliche weitere finanzielle Hilfe versagte und ihn als Taugenichts aus dem Hause warf. Die blanke Oberfläche dieses Tisches starrte ihm als Symbol seiner katastrophalen Untauglichkeit im Bewußtsein des Tages sowohl wie im Traum der Nacht entgegen. Das ist, was unser Träumer unter «Tisch» versteht. Darum brauchen wir die Hilfe des Träumers, um die Vielfalt der Wortbedeutungen auf das Wesentliche und Überzeugende einzuschränken. Daß der Tisch einen peinlichen Hauptpunkt im Leben des

Träumers bezeichnet, daran kann jeder zweifeln, der nicht dabei war. Der Träumer aber zweifelt nicht daran, auch ich nicht. Es ist klar, daß die Traumdeutung in allererster Linie ein Erlebnis ist, das zunächst nur für zwei Personen einwandfrei feststeht.

Wenn wir also zur Feststellung gelangen, daß der Tisch im Traum eben jenen fatalen Tisch mit allem, was daran hängt, bedeutet, dann haben wir zwar nicht den Traum, aber wenigstens dieses einzelne Motiv in der Hauptsache gedeutet, das heißt wir erkannten, in was für einem subjektiven Kontext das Wort Tisch steht.

(Grundwerk 1, 172)

Um den Sinn des Traumes festzustellen, habe ich auf Grund der oben erläuterten Erkenntnis ein Verfahren ausgebildet, das ich als das *Aufnehmen des Kontextes* bezeichne und das darin besteht, daß bei jeder hervorstechenden Einzelheit des Traumes durch die *Einfälle des Träumers* festgestellt wird, in welcher Bedeutungsnuance sie ihm erscheint. Ich verfahre also nicht anders als bei der Dechiffrierung eines schwer lesbaren Textes. Diese Methode ergibt als Resultat durchaus nicht immer einen unmittelbar verständlichen Text, sondern zunächst oft nur einen als bedeutsam erscheinenden Hinweis auf zahlreiche Möglichkeiten.

Ich behandelte einmal einen jüngeren Mann, der mir in der Anamnese angab, glücklich verlobt zu sein, und zwar mit einem Mädchen aus «guter» Familie. In seinen Träumen trat ihre Gestalt öfters in sehr unvorteilhafter Weise auf. Der Kontext ergab, daß das Unbewußte des Träumers allerlei Skandalgeschichten aus ganz anderer Quelle mit der Gestalt seiner Braut kombinierte, was ihm durchaus unbegreiflich war und mir natürlich ebenfalls. Aus der ständigen Wiederholung solcher Kombinationen mußte ich aber schließen, daß trotz seinem bewußten Widerstand eine unbewußte Tendenz vorlag, seine Braut in solch zweideutigem Licht erscheinen zu lassen.

Er sagte mir, wenn so etwas wahr wäre, so würde ihm das soviel wie eine Katastrophe bedeuten. Seine akute Neurose hatte einige Zeit nach der Verlobungsfeier eingesetzt. Trotz der Undenkbarkeit schien mir die Verdächtigung seiner Braut ein Punkt von so kapitaler Wichtigkeit zu sein, daß ich ihm anriet, Nachforschungen anzustellen. Diese erwiesen nun den Verdacht als gerechtfertigt, und der «Schock» der unerfreulichen Entdeckung erschlug den Patienten nicht,

sondern kurierte ihn von seiner Neurose und damit auch von seiner Braut.
Obgleich also die Aufnahme des Kontextes eine sogenannte «Undenkbarkeit» und damit eine anscheinend widersinnige Deutung der Träume ergab, so erwies sie sich dennoch im Lichte der später entdeckten Tatsachen als richtig. Dieser Fall ist von exemplarischer Einfachheit. Es ist überflüssig, zu betonen, daß die wenigsten Träume eine so einfach Lösung finden.
(Grundwerk 1, 172 f.)

Man kann die *Kompensationslehre* als eine Grundregel für das psychische Verhalten überhaupt erklären. Das Zuwenig hier erzeugt ein Zuviel dort. So ist auch das Verhältnis zwischen bewußt und unbewußt ein kompensatorisches. Dies ist eine der am besten bestätigten Handwerksregeln der Traumdeutung. Immer können wir mit Nutzen in der praktischen Traumdeutung die Frage aufwerfen: *Welche bewußte Einstellung wird durch den Traum kompensiert?*
(Grundwerk 1, 113)

Man muß sich bei der Deutungsarbeit allerhand abergläubischer Voraussetzungen enthalten, so vor allem des Gedankens, daß die in den Träumen vorkommenden Personen zum Beispiel nichts anderes seien als diese selben Personen in der Wirklichkeit. Man darf demgegenüber nie vergessen, daß man in allerersten Linie und sozusagen ausschließlich von und aus sich selber träumt. (Für die Ausnahmen gibt es ganz bestimmte Regeln, die ich hier aber nicht erwähnen will.)

Wenn wir diese Wahrheit anerkennen, so werden wir dadurch gelegentlich vor sehr interessante Probleme gestellt. Ich erinnere mich an zwei lehrreiche Fälle: Der eine träumte von einem betrunkenen Vagabunden, der im Straßengraben lag, der andere von einer betrunkenen Prostituierten, die sich in der Gosse wälzte. Ersterer war ein Theologe, letztere eine distinguierte Dame der Gesellschaft, beide empört und entsetzt und durchaus nicht gewillt, zuzugeben, daß man von und aus sich selber träume. Ich gab beiden den wohlwollenden Rat, sich ein Stündchen Selbstbesinnung zu gönnen und fleißig und mit Andacht zu betrachten, wo und inwiefern sie beide nicht viel besser seien als der betrunkene Bruder im Straßengraben und die Schwester Prostituierte in der Gosse.

Mit einem solchen Kanonenschuß beginnt oft der subtile Prozeß der Selbsterkenntnis. Der «andere», von dem wir träumen, ist nicht unser Freund und Nachbar, sondern *der andere in uns*, von dem wir vorzugsweise sagen: «Herr, ich danke dir, daß ich nicht so bin wie dieser da.» Gewiß hat der Traum, dieses Naturkind, keine moralisierende Absicht, er stellt bloß das allbekannte Gesetz dar, nach welchem keine Bäume in den Himmel wachsen.

Wenn wir uns dabei noch vergegenwärtigen, daß im Unbewußten all das im Übermaß vorhanden ist, was im Bewußten fehlt, daß das Unbewußte mithin eine kompensatorische Tendenz hat, dann kann man bereits Schlüsse ziehen, vorausgesetzt, daß der Traum aus nicht allzu großen seelischen Tiefen stammt. Handelt es sich aber um einen Traum letzterer Art, so enthält er in der Regel das, was man als *mythologische Motive* bezeichnet, das heißt Vorstellungsverbindungen oder Bilder, wie man sie in der Mythologie des eigenen und fremder Völker antrifft. In diesem Falle enthält der Traum einen sogenannten *Kollektivsinn*, das heißt einen Sinn, der allgemein menschlich ist.

(Werke 10, 175 f.)

Der Adressat des folgenden Briefes schrieb von seiner seelischen Krise, vor allem von schweren Angstzuständen. Seit fünf Jahren beschäftigte er sich intensiv mit Sanskrit und indischer Philosophie. Im Traum befindet er sich hoch oben im Gebirge, an einer End-Moräne, auf der Suche nach einem Weg. Jenseits des Gletschers erblickt er einen dunklen Wald, über dem ein einzelner Stern ungemein hell und eindrucksvoll funkelt.

Aus der Schilderung entnehme ich, daß Sie sich tatsächlich verstiegen haben. Sanskrit und Indien überhaupt gehen viel zu weit. Sie müssen zu den einfachen Dingen zurückkehren, genau wie es Ihr Traum sagt, nämlich zum Wald. Dort ist der Stern. Sie müssen schon auf die Suche nach Ihnen selber gehen, und Sie werden sich nur in den einfachen und vergessenen Dingen wiederfinden können. Warum gehen Sie nicht auf eine Zeit in den Wald, wortwörtlich? Manchmal sagt es einem ein Baum, was man nicht in Büchern lesen kann.

(Briefe II, 98 f.)

Eine relative Sicherheit erreicht die Deutung erst in der *Traumserie*, wobei die nachfolgenden Träume die Irrtümer in der Deutung der vorausgehenden berichtigen. Auch lassen sich in der Traumserie die zugrundeliegenden Inhalte und Motive viel besser erkennen. Ich halte darum meine Patienten an, über ihre Träume und die

Deutungen sorgfältig Buch zu führen. Auch leite ich sie an, ihre Träume in der angedeuteten Weise vorzubereiten, so daß sie ihren Traum mit dem Kontextmaterial aufgeschrieben schon zur Stunde bringen. In späteren Stadien lasse ich sie auch die Deutungen ausarbeiten. Auf diese Weise lernt es der Patient, auch ohne Arzt mit seinem Unbewußten richtig zu verfahren.

(Grundwerk 1, 110)

Während ich es einem intelligenten Laien mit einigen psychologischen Kenntnissen, einer gewissen Lebenserfahrung und Übung durchaus zutraue, die *Traumkompensation* praktisch richtig diagnostizieren zu können, halte ich es für ausgeschlossen, daß jemand ohne Kenntnisse auf mythologischem und folkloristischem Gebiet, ohne ein Wissen um die Psychologie der Primitiven und um die vergleichende Religionswissenschaft das Wesen des *Individuationsprozesses* versteht, der nach allem, was wir wissen, der psychologischen Kompensation zugrunde liegt.

(Grundwerk 1, 177)

Traumtherapie

Die Arbeit an der Seele gehört zum Schwierigsten: aber gerade auf diesem Gebiet tummeln sich die Inkompetenten, nicht ohne Schuld der medizinischen Fakultäten ... Unwissenheit ist gewiß nie eine Empfehlung, aber auch das beste Wissen ist oft nicht genug. Es möge darum kein Tag vergehen, an dem der Psychotherapeut sich nicht demütig daran erinnert, daß er noch alles zu lernen hat.
(Grundwerk 3, 204)

Weil die einfacheren Methoden so oft versagen und der Arzt dann nicht mehr weiß, wie er den Patienten weiterbehandeln soll, bietet die kompensatorische Funktion der Träume eine willkommene Hilfe. Nicht, daß etwa die Träume moderner Menschen unmittelbar die passenden Heilmittel angäben, wie dies von den Inkubationsträumen berichtet wird, die in den Asklepiostempeln geträumt wurden; sie beleuchten aber die Situation des Patienten in einer Art und

Weise, die überaus gesundheitsfördernd sein kann.

(Grundwerk 1, 176)

Hier stoßen wir auf ein für die Verwendbarkeit der Traumanalyse überaus bedeutsames Faktum: Der Traum schildert die innere Situation des Träumers, deren Wahrheit und Wirklichkeit das Bewußtsein gar nicht oder nur widerwillig anerkennt ... Im Gebiet des Bewußtseins sind wir immer unsicher in solchen Fällen. Seine Anamnese kann so oder so bewertet werden. Schließlich trägt auch der gemeine Soldat den Marschallstab im Tornister, und mancher Sohn armer Eltern ist zu höchstem Erfolg gelangt. Warum sollte es hier nicht der Fall sein? Mein Urteil kann getrübt sein, warum sollte meine Vermutung besser sein als die seinige? Hier nun kommt der Traum herein, als die Äußerung eines unwillkürlichen, dem Einfluß des Bewußtseins entzogenen, unbewußten seelischen Prozesses, der die innere Wahrheit und Wirklichkeit so darstellt, wie sie ist; nicht, weil ich sie so vermute, und nicht, wie er sie haben möchte, sondern *wie sie ist*. Ich habe es mir darum zur Regel gemacht, Träume zunächst so zu betrachten wie physiologische Äußerungen: Tritt Zucker im Urin auf, so

ist Zucker im Urin und nicht Eiweiß oder Urobilin oder sonst etwas, was meiner Erwartung vielleicht besser entspräche. Ich fasse also den Traum als diagnostisch verwertbare Tatsache auf.
(Grundwerk 1, 102 f.)

Verstehen ist bekanntlich ein sehr subjektiver Vorgang. Er kann sehr einseitig sein, indem der Arzt versteht, der Patient aber nicht. In diesem Fall hält es der Arzt für seine Pflicht, den Patienten zu überzeugen, und sollte letzterer sich doch nicht überzeugen lassen, so wird ihm der Arzt Widerstände vorwerfen. In diesem Falle, das heißt, wo das Verstehen einseitig ist, würde ich ruhig von Nichtverstehen reden, denn im Grunde genommen kommt es sehr wenig darauf an, ob der Arzt versteht. Das Verständnis sollte daher vielmehr ein *Einverständnis* sein, ein Einverständnis, das die Frucht gemeinsamer Überlegung ist.
Die Gefahr bei einseitigem Verstehen besteht nämlich darin, daß der Arzt aus vorgefaßter Meinung sich ein Urteil über den Traum bildet, das zwar orthodox mit irgendeiner Lehre übereinstimmt oder sogar in letzter Linie fundamental richtig ist. Es erreicht aber nicht das freiwillige Einverständnis des Patienten und ist darum

praktisch unrichtig; unrichtig auch deshalb, weil es die Entwicklung des Patienten antizipiert und dadurch lähmt. Der Patient muß nämlich nicht über eine Wahrheit belehrt werden – so wendet man sich nämlich nur an seinen Kopf –, sondern er muß sich vielmehr zu dieser Wahrheit entwikkeln – und so erreicht man sein Herz, was tiefer ergreift und stärker wirkt.
(Grundwerk 1, 106)

Der analytische Eingriff steht in Hinsicht auf die Reifung der Persönlichkeit beträchtlich höher als die Suggestion, welche eine Art von Zaubermittel ist, das im Dunkeln wirkt und niemals einen ethischen Anspruch an die Persönlichkeit erhebt. Suggestion ist immer ein trügerisches und bloß behelfsmäßiges Mittel und sollte deshalb, wenn irgend möglich, als mit dem Prinzip der analytischen Behandlung unvereinbar vermieden werden. Natürlich kann sie nur vermieden werden, wo ihre Möglichkeit dem Arzt bewußt wird. Unbewußt bleibt ja noch genug und übergenug suggestiver Wirkung übrig.
Wer bewußte Suggestion vermeiden will, muß also eine Traumdeutung so lange als ungültig ansehen, bis jene Formel gefunden ist, die das Einverständnis des Patienten erreicht.

Die Beachtung dieser Grundregeln erscheint mir als unerläßlich bei der Behandlung jener Träume, deren Undurchsichtigkeit das Nichtverstehen des Arztes sowohl wie des Patienten ankündigt. Solche Träume sollte der Arzt immer als Novum betrachten, als eine Information über Bedingungen unbekannter Natur, über die er so viel zu lernen hat wie der Patient.

(Grundwerk 1, 107)

Eine sorgfältige Analyse wird sich nie zuviel auf Handwerksregeln verlassen; denn die Gefahr der Täuschung und der Suggestion ist zu groß. Namentlich bei der Analyse isolierter Träume ist dieses Vorauswissen und Voraussetzen auf Grund praktischer Erwartungen und einer allgemeinen Wahrscheinlichkeit geradezu verwerflich. Es soll darum unbedingt als Regel gelten, daß man jeden Traum und jeden Teil des Traumes zunächst als *unbekannt* voraussetzt und erst nach Aufnahme des Kontextes einen Versuch der Deutung macht, indem man den durch die Feststellung des Kontextes gefundenen Sinn in den Traumtext einsetzt und versucht, ob dadurch eine flüssige Lesung ermöglicht wird, beziehungsweise ob dadurch ein befriedigender Sinn entsteht.

Man darf aber unter keinen Umständen erwarten, daß dieser Sinn irgendeiner subjektiven Erwartung entspreche; denn möglicherweise, ja sogar sehr oft, sagt der Traum etwas verblüffend anderes, als was man erwartet hätte. Entspricht der gefundene Traumsinn der Erwartung, so ist dies sogar ein Grund zu Mißtrauen; denn in der Regel ist der Standpunkt des Unbewußten komplementär oder kompensatorisch zum Bewußtsein und daher unerwartet «anders».
Ich bestreite keineswegs die Möglichkeit «paralleler» Träume, das heißt solcher, deren Sinn mit der Einstellung des Bewußtseins zusammenfällt beziehungsweise letztere unterstützt. Aber sie sind, nach meiner Erfahrung wenigstens, relativ selten.
(Grundwerk 5, 50)

Initialträume sind öfters erstaunlich durchsichtig und klar geformt. Mit fortschreitender Analyse aber verlieren die Träume sehr bald ihren klaren Charakter. Behalten Sie ihn ausnahmsweise, so kann man sicher sein, daß die Analyse an einen wesentlichen Teil der Persönlichkeit überhaupt noch nicht herangekommen ist. [Vgl. den Text S. 36f.]
(Grundwerk 1, 105)

Man muß also seine (eigenen) Träume zu verstehen suchen, auf das Genaueste aufpassen und sich selber ebenso beobachten wie den Patienten, sonst kann unter Umständen die ganze Behandlung schiefgehen. Ich will Ihnen ein Beispiel dafür erzählen. Ich hatte einmal eine Patientin, eine sehr intelligente Frau, die mir aber aus verschiedenen Gründen etwas zweifelhaft erschien. Zuerst ging die Analyse gut, aber nach einer Weile schien es mir, als ob ich in der Traumdeutung nicht mehr das Richtige träfe, und ich glaubte auch eine Verflachung des Gespräches zu bemerken. So beschloß ich, mit meiner Patientin darüber zu reden, denn ihr war es natürlich auch nicht entgangen, daß etwas nicht richtig funktionierte. In der Nacht vor ihrem nächsten Besuch hatte ich folgenden Traum:

Ich wanderte auf einer Landstraße durch ein Tal im Abendsonnenschein. Rechts war ein steiler Hügel. Oben stand ein Schloß, und auf dem höchsten Turm saß eine Frau auf einer Art Balustrade. Um sie richtig sehen zu können, mußte ich den Kopf weit zurückbeugen. Ich erwachte mit einem Krampfgefühl im Nacken. Noch im Traum hatte ich erkannt, daß die Frau meine Patientin war.

Die Deutung war mir sogleich klar: Wenn ich im

Traum auf diese Weise zu meiner Patientin hinaufschauen mußte, hatte ich in Wirklichkeit wahrscheinlich auf sie herabgeschaut. Träume sind ja Kompensationen der bewußten Einstellung. Ich teilte ihr den Traum und meine Deutung mit. Das bewirkte eine sofortige Veränderung der Situation, und die Behandlung kam wieder in Fluß.

(Erinnerungen 139)

Auch der erfahrenste Psychotherapeut ... wird zur Einsicht kommen, daß es noch sehr viele Dinge gibt, die sich seine Schulweisheit nicht von ferne träumen ließ. Jeder neue Fall, der gründliche Behandlung erfordert, bedeutet Pionierarbeit, und jede Spur von Routine entpuppt sich dann als Irrweg. Die höheren Formen der Psychotherapie sind daher eine sehr anspruchsvolle Beschäftigung und stellen gelegentlich Aufgaben, welche nicht nur den Verstand oder das Mitgefühl, sondern den ganzen Menschen in die Schranken fordern. Der Arzt wird geneigt sein, vom Patienten diesen totalen Einsatz zu fordern. Er muß sich nur bewußt sein, daß diese Forderung nur dann wirkt, wenn er zugleich weiß, daß sie auch ihm selber gilt.

(Grundwerk 3, 139)

VON SELBSTERKENNTNIS

Selbsterkenntnis ist ein Wagnis

Das einzige, was wirklich hilft, ist die Selbsterkenntnis und die dadurch bewirkte Änderung der geistigen und moralischen Einstellung.
(Briefe III, 284)

Solch ein Mensch weiß, daß, was immer in der Welt verkehrt ist, auch in ihm selber ist, und wenn er nur lernt, mit seinem Schatten fertig zu werden, dann hat er etwas Wirkliches für die Welt getan.
(Grundwerk 4, 86)

Wie zu Beginn des christlichen Äons, so stellt sich auch heute wieder das Problem der allgemeinen moralischen Rückständigkeit, welche sich der modernen wissenschaftlichen, technischen und sozialen Entwicklung als nicht adäquat erweist. Zu viel steht auf dem Spiel, und zu viel hängt heute offensichtlich von der psychologischen Beschaffenheit des Menschen ab. Ist er der Versuchung, sich seiner Macht zur Inszenierung eines Weltunterganges zu bedienen, gewachsen? Ist er sich bewußt, auf was für einem Weg er sich befindet und welche die Schlußfolgerungen sind, die er aus der Weltlage und seiner eigenen seelischen Situation ziehen müßte? Weiß er, daß er im Begriffe steht, den lebenserhaltenden Mythus vom inneren Menschen, den das Christentum für ihn aufbewahrt hat, zu verlieren? Vergegenwärtigt er sich, was auf ihn wartet, wenn diese Katastrophe eintreten sollte? Kann er sich überhaupt vorstellen, daß dies eine Katastrophe bedeuten würde? Und weiß schließlich der einzelne, daß *er* das Zünglein an der Waage ist?

Glück und Zufriedenheit, seelisches Gleichgewicht und Sinn des Lebens kann nur der einzelne erfahren, nicht aber ein Staat, der einerseits an sich nichts ist als eine Konvention unter selbständigen Individuen und andererseits droht übermächtig zu werden und den Einzelmenschen zu erdrücken. Der Arzt gehört wohl zu denen, die am meisten um die Bedingungen der seelischen Wohlfahrt, von der in der sozialen Summierung so unendlich viel abhängt, weiß. Die sozialen und politischen Zeitumstände sind gewiß von beträchtlicher Bedeutung, aber sie werden in ihrer Wichtigkeit für das Glück und Unglück des

Individuums maßlos überschätzt, insofern sie für die allein entscheidenden Faktoren gehalten werden. Alle Zielsetzungen in dieser Hinsicht leiden an dem Fehler, daß sie die Psychologie des Menschen, für den sie doch bestimmt sein sollen, übersehen und sehr oft nur seinen Illusionen förderlich sind.

Es sei darum einem Arzt, der während eines langen Lebens sich mit den Ursachen und den Folgen seelischer Störungen beschäftigt hat, gestattet, zu den Fragen, welche die gegenwärtige Weltlage aufwirft, in aller Bescheidenheit, die ihm als einem einzelnen auferlegt ist, seine Meinung zu äußern. Ich bin zwar weder von einem allzugroßen Optimismus angespornt noch von hohen Idealen begeistert, sondern bloß bekümmert um das Schicksal, das Wohl und Wehe des einzelnen Menschen, jener infinitesimalen Einheit, von der eine Welt abhängt, jenes individuellen Wesens, in dem – wenn wir den Sinn der christlichen Botschaft richtig vernehmen – sogar Gott sein Ziel sucht.

(Lesebuch 323 f.)

Selbsterkenntnis ist ein Abenteuer, das in unerwartete Weiten und Tiefen führt.

(Werke 14/II, 298)

«Selbsterkenntnis» verwechselt man in der Regel mit der Kenntnis seiner bewußten Ichpersönlichkeit. Wer überhaupt über ein Ichbewußtsein verfügt, glaubt mit Selbstverständlichkeit, sich selber zu kennen. Das Ich kennt aber nur seine eigenen Inhalte, nicht aber das Unbewußte und dessen Inhalte. Der Mensch mißt seine Selbsterkenntnis an dem, was seine soziale Umgebung durchschnittlich von sich selber weiß, nicht aber am wirklichen psychischen Tatbestand, der ihm größtenteils verborgen ist. In dieser Hinsicht verhält sich die Psyche gleich wie der Körper mit seiner physiologischen und anatomischen Struktur, von denen der Laie auch sehr wenig weiß. Obschon er darin und damit lebt, ist ihm doch das meiste davon unbekannt, und es braucht schon spezielle wissenschaftliche Kenntnisse, um wenigstens das Wißbare daran dem Bewußtsein zuzuführen, vom noch nicht Wißbaren, das auch vorhanden ist, ganz abgesehen.

(Lesebuch 253 f.)

Es ist nun dieses weit ausgedehnte Gebiet der Unbewußtheit, das von der Kritik und Kontrolle des Bewußtseins nicht erreicht wird, und in welchem wir allen möglichen Einflüssen und psychischen Infektionen schutzlos offen stehen. Wie gegen alle Gefahren, so auch gegen die der psychischen Ansteckung, können wir uns nur dann verteidigen, wenn wir uns dessen bewußt sind, was uns angreift und wie, wo und wann. Da es nun bei der Selbsterkenntnis sich um die Bekanntschaft mit einem *individuellen* Tatbestand handelt, so hilft eine Theorie gerade in dieser Hinsicht sehr wenig. Denn je mehr eine solche Anspruch auf allgemeine Gültigkeit erhebt, desto weniger ist sie imstande, einem individuellen Sachverhalt gerecht zu werden. Eine auf Erfahrung gegründete Theorie ist notwendigerweise statistisch, das heißt, sie formuliert einen idealen Durchschnitt, welcher alle Ausnahmen nach unten und oben auslöscht und durch eine abstrakte Mitte ersetzt. Dieser mittlere Wert ist gültig, braucht aber als solcher in der Wirklichkeit nicht einmal vorzukommen. Trotzdem figuriert er in der Theorie als eine nicht anzufechtende fundamentale Tatsache. Die Ausnahmen in der einen wie in der anderen Richtung, die ebenso tatsächlich sind, erscheinen im Endergebnis überhaupt nicht, da sie sich gegenseitig aufheben. Wenn ich zum Beispiel in einem Kiesbett das Gewicht jedes einzelnen Steines bestimme und einen Durchschnittswert von 145 Gramm erhalte, so sagt dies über die wirkliche Beschaffenheit der

Kiesschicht sehr wenig aus. Wer auf Grund dieser Aussage der Meinung wäre, er könne mit dem ersten Griff einen Kiesel von 145 Gramm Gewicht herausholen, der würde sich unter Umständen erheblich täuschen. Ja, es könnte ihm sogar passieren, daß er trotz längerem Suchen nicht einen einzigen Stein fände, der genau 145 Gramm wöge.

Die statistische Methode vermittelt zwar die ideale Durchschnittlichkeit eines Sachverhaltes, nicht aber ein Bild von dessen empirischer Wirklichkeit. Sie gibt zwar einen unanfechtbaren Aspekt der Wirklichkeit, kann aber die tatsächliche Wahrheit bis zur Irreführung verfälschen. Letzteres gilt in besonderem Maße von der auf Statistik gegründeten Theorie. Die wirklichen Tatsachen zeichnen sich durch ihre Individualität aus; überspitzt ausgedrückt könnte man sagen, daß das wirkliche Bild sozusagen auf lauter Ausnahmen von der Regel beruhe und mithin die absolute Wirklichkeit den vorherrschenden Charakter der *Irregularität* habe...

(Lesebuch 254f.)

Ob es sich nun um das Verständnis eines mir gegenüberstehenden Individuums oder um Selbsterkenntnis handelt, so muß ich in beiden Fällen alle theoretischen Voraussetzungen hinter mir lassen, wobei ich mir bewußt bin, daß ich über die wissenschaftliche Erkenntnis gegebenenfalls hinweggehe. In Anbetracht der Tatsache aber, daß letztere ... dem modernen Menschen als einzige geistige Autorität gilt, fordert das Verständnis des Individuums sozusagen das «crimen laesae maiestatis» (Verbrechen der Majestätsbeleidigung), nämlich die Nichtberücksichtigung der wissenschaftlichen Erkenntnis. Dieser Verzicht bedeutet ein nicht leichtzunehmendes Opfer; kann sich doch die wissenschaftliche Einstellung nicht ohne weiteres ihres Verantwortungsbewußtseins entledigen.

Ist der in Frage stehende Psychologe vollends ein Arzt, der seinen Patienten nicht nur wissenschaftlich einordnen, sondern auch menschlich verstehen will, so droht ihm unter Umständen eine Pflichtenkollision zwischen den beiden einander entgegengesetzten und sich gegenseitig ausschließenden Einstellungen, der Erkenntnis einerseits und des Verständnisses andererseits. Dieser Konflikt löst sich nicht durch ein Entweder-Oder, sondern nur durch eine Zweigleisigkeit des Denkens: das eine tun und das andere nicht lassen.

(Lesebuch 256)

Unser äußeres Leben sollte wohl – gemessen an unserem Lebensstandard – glücklich sein. Das Gegenteil ist der Fall. Entgegen allen Erwartungen sind wir nur glücklich, wenn wir uns mühsam emporarbeiten – wie Till Eulenspiegel! Oder wir sind zufrieden, wenn wir eigentlich bedrückt sein sollten. Wir hassen und fürchten die Irrationalität der inneren Welt. Darum sind wir unfähig, mit den Dingen, wie sie sind, zu leben. Diese Kunst beherrschen wir nicht. Meinungen sind uns wichtiger als das wirkliche Leben, und wir sind eher geneigt, an Worte zu glauben als an Tatsachen. Die Folge davon ist, daß unsere Existenz nicht dreidimensional ist, sondern nur zweidimensional. Um so intensiver wird unsere geheime Sehnsucht nach Ganzheit.

(Briefe III, 351)

Der Traum ist die kleine verborgene Tür im Innersten und Intimsten der Seele, welche sich in jene kosmische Urnacht öffnet, die Seele war, als es noch längst kein Ichbewußtsein gab, und welche Seele sein wird, weit über das hinaus, was ein Ichbewußtsein je wird erreichen können. Denn alles Ichbewußtsein ist vereinzelt, erkennt einzelnes, indem es trennt und unterscheidet, und gesehen wird nur, was sich auf dieses Ich beziehen kann. Das Ichbewußtsein besteht aus lauter Einschränkungen, auch wenn es an die fernsten Sternnebel reicht. Alles Bewußtsein trennt; im Traum aber treten wir in den tieferen, allgemeineren, wahreren, ewigeren Menschen ein, der noch im Dämmer der anfänglichen Nacht steht, wo er noch das Ganze und das Ganze in ihm war, in der unterschiedslosen, aller Ichhaftigkeit baren Natur.

Aus dieser allverbindenden Tiefe stammt der Traum, und sei er noch so kindisch, noch so grotesk, noch so unmoralisch. Er ist von einer blumenhaften Unbefangenheit und Wahrhaftigkeit, die unsere autobiographische Lügenhaftigkeit erröten macht.

(Werke 10, 168)

Selbsttäuschung ist bequemer

So sehr sich das Bewußtsein des Menschen ausgeweitet und differenziert hat, so rückständig ist seine moralische Beschaffenheit geblieben.
(Lesebuch 316)

Eine bloße Unterdrückung des Schattens ist ebensowenig ein Heilmittel wie Enthauptung gegen Kopfschmerzen.
(Grundwerk 4, 79)

Das religiöse Interesse, welches normalerweise das stärkste und deshalb das entscheidende sein sollte, hat sich von der *Innenwelt* abgewendet, und die Gestalten des Dogmas bilden in unserer Welt fremde und unverständliche Überbleibsel, jeglicher Art von Kritik ausgeliefert. Selbst die moderne Psychologie hat größte Mühe, der menschlichen Seele ein Existenzrecht zu vindizieren und es glaubhaft zu machen, daß die Seele eine Seinsform mit erforschbaren Eigenschaften ist und daher Gegenstand einer Erfahrungswissenschaft sein kann; daß sie nicht nur an einem Außen hängt, sondern auch ein autonomes Innen besitzt, und daß sie nicht bloß ein Ichbewußtsein, sondern eine im wesentlichen nur indirekt erschließbare Existenz darstellt.

(Grundwerk 7, 83)

Mit der Seele des Abendlandes steht es bedenklich, um so bedenklicher, als wir noch Illusionen von unserer inneren Schönheit der unbarmherzigen Wahrheit vorziehen. Der Abendländer lebt in einer förmlichen Dunstwolke von Selbstberäucherung, die ihm sein wirkliches Angesicht verhüllen soll. Was aber sind wir den Menschen anderer Farbe? Was denken China und Indien von uns? Was fühlt der schwarze Mensch über uns? Was alle jene, die wir mit Schnaps, venerischen Krankheiten und gewöhnlichem Landraub ausrotten?

Ich habe einen indianischen Freund, der Pueblohäuptling ist. Wir sprachen einmal vertraulich über den Weißen, da sagte er: «Wir verstehen die Weißen nicht. Sie wollen immer etwas, sie sind immer unruhig, sie suchen immer etwas. Was suchen sie? Wir wissen es nicht. Wir können sie nicht verstehen. Sie haben so scharfe Nasen, so dünne, grausame Lippen, solche Striche im Ge-

sicht. Wir glauben, daß sie alle verrückt sind.» Mein Freund hat wohl den arischen Raubvogel und seine unersättliche Beutegier, die ihn über alle ihn nichts angehenden Länder führt, erkannt, ohne ihn benennen zu können, und zudem unseren Größenwahn, der sich zum Beispiel einbildet, das Christentum sei die einzige Wahrheit, der weiße Christus der einzige Erlöser. Wir senden ja Missionare sogar nach China, nachdem wir den ganzen Osten mit unserer Wissenschaft und Technik untereinandergerührt und uns tributpflichtig gemacht haben. Die christliche Komödie in Afrika ist erbarmungswürdig. Die Gott wohlgefällige Ausrottung der Polygamie erzeugt dort eine Prostitution, die allein in Uganda zwanzigtausend Pfund jährlich für antivenerische Maßnahmen verschlingt. Der brave Europäer zahlt Missionare für diese erquicklichen Resultate. Wollen wir die furchtbare Leidensgeschichte von Polynesien und die Segnungen des Opiumhandels auch noch erwähnen?
So sieht der Europäer aus, jenseits seiner moralischen Dunstwolke. Kein Wunder, daß die Ausgrabung unserer Seele zunächst eine Art von Kanalisationsunternehmen ist. Nur ein großer Idealist wie *Freud* konnte diesem unsauberen Geschäft eine ganze Lebensarbeit widmen. Nicht

er hat den üblen Geruch verursacht, sondern wir alle, die wir uns so sauber und anständig vorkommen, und dies aus purster Ignoranz und gröbster Selbsttäuschung. So fängt unsere Psychologie, die Bekanntschaft mit unserer Seele, in jeder Beziehung am widerwärtigsten Ende an, nämlich bei allem, was wir nicht sehen wollen.

(Werke 10, 106 f.)

Es stellt sich die Frage: ist der westliche Gesichtspunkt an sich vorurteilslos? Wie steht es mit seinem Rationalismus? Und wie mit seiner Gewohnheit, sich Anschauungen nur von außen, von der Extraversion her, zu bilden? Eine rationalistische Auffassung erreicht nur den einen Aspekt der Welt, umfaßt aber bei weitem nicht alle Möglichkeiten des Erlebens. Psychische Erfahrungen wurzeln nicht nur im Außen, und geistige Inhalte beruhen nicht nur auf Sinneswahrnehmungen. Es gibt ein irrationales, inneres, psychisches Leben, das sogenannte «geistige Leben», von dem, mit Ausnahme einiger «Mystiker», fast niemand mehr etwas weiß oder wissen will. Das «innere Leben» wird meist als Unsinn betrachtet und soll tunlichst ausgeschaltet werden.

(Briefe III, 348)

Es war unserem Rationalismus vorbehalten, den Traum aus «Tagesresten», das heißt aus Brocken zu erklären, welche von der reichbesetzten Tafel unseres Bewußtseins in die Unterwelt hinunterfielen. Wie wenn diese dunkle Tiefe nichts anderes wäre als ein leerer Sack, in dem nie mehr ist, als von oben hineingefallen ist. Warum vergißt man stets, daß es nichts Gewaltiges und Schönes im weiten Bereich menschlicher Kultur gibt, das nicht ursprünglich dem glücklichen Einfall entstammt? Was würde aus der Menschheit, wenn niemand mehr Einfälle hätte? Weit eher wahrlich ist das Bewußtsein jener Sack, in dem nie mehr drin ist, als was ihm «eingefallen» ist. Wir ermessen nie mehr, wie sehr wir von Einfällen abhängen, als wenn uns peinlicherweise nichts einfallen will. Der Traum ist nichts anderes als ein Einfall jener allverbindenden, dunklen Seele. Was wäre darum natürlicher, wenn wir uns in die endlosen Einzelheiten und Vereinzelungen der Weltoberfläche verirrt haben, als daß wir beim Traum anklopften, um bei ihm jene Gesichtspunkte zu erfragen, welche uns den Grundtatsachen des Menschseins wieder näherrücken könnten?
Aber da stoßen wir an die hartnäckigsten Vorurteile: «Träume sind Schäume», keine Realitäten, sie lügen, es sind bloße Wunscherfüllungen; lau-

ter Ausflüchte, um den Traum nicht ernst nehmen zu müssen, denn das wäre unbequem. Die geistige Hybris des Bewußtseins liebt eben die Vereinzelung trotz aller Unzuträglichkeiten, darum ist man abgeneigt, der Wahrheit des Traumes Wirklichkeit zuzugestehen.

(Werke, 10, 169)

Man kommt sich zu gut und zu geistig vor, und man ist zu naiv und zu optimistisch. In zwei Weltkriegen hat sich der Abgrund der Welt wieder aufgetan und eine Lehre erteilt, die man sich furchtbarer wohl nicht denken kann. Wir wissen nun, wessen der Mensch fähig ist und was uns droht, wenn die Massenpsyche wieder einmal die Oberhand erhalten sollte. Massenpsychologie ist ins Unvorstellbare gehäufter Egoismus, denn ihr Ziel ist immanent und nicht transzendent.

(Grundwerk 7, 77)

«Wenn aber ein verkehrter Mann die rechten Mittel gebraucht, so wirkt das rechte Mittel verkehrt.» (Das Geheimnis der Goldenen Blüte. Ein chinesisches Lebensbuch) Dieser leider nur zu wahre chinesische Weisheitsspruch steht in schroffstem Gegensatz zu unserem Glauben an die «richtige» Methode in Absehung vom Menschen, der sie anwendet. In Wirklichkeit hängt in diesen Dingen alles am Menschen und wenig oder nichts an der Methode. Die Methode ist ja nur der Weg und die Richtung, die einer einschlägt, wobei das Wie seines Handelns der getreue Ausdruck seines Wesens ist. Ist es das aber nicht, so ist die Methode nicht mehr als eine Affektation, künstlich hinzugelernt, wurzel- und saftlos, dem illegalen Zweck der Selbstverschleierung dienend, ein Mittel, sich über sich selbst zu täuschen und dem vielleicht unbarmherzigen Gesetz des eigenen Wesens zu entgehen.

(Werke 13, 17)

Folge 1: Aufgeblähte Persönlichkeiten

Ein aufgeblasenes Bewußtsein ist immer egozentrisch und nur seiner eigenen Gegenwart bewußt. Es ist unfähig, aus der Vergangenheit zu lernen, unfähig, das gegenwärtige Geschehen zu begreifen, und unfähig, richtige Schlüsse auf die Zukunft zu ziehen.
(Grundwerk 6, 243)

Ich habe einmal die Bekanntschaft eines verehrungswürdigen Mannes gemacht – man könnte ihn ohne Schwierigkeiten einen Heiligen nennen –, ich ging drei Tage lang um ihn herum und konnte nirgends die Unzulänglichkeit des Sterblichen an ihm entdecken. Mein Minderwertigkeitsgefühl wurde bedrohlich, und ich begann bereits ernstlich daran zu denken, mich zu bessern. Am vierten Tag aber konsultierte mich seine Frau ... Seitdem ist mir nichts ähnliches mehr passiert. Aber ich lernte daraus, daß jemand, der mit seiner Persona (Maske) eins wird, alles Störende durch seine Frau darstellen lassen kann, ohne daß letztere es merkt, aber sie bezahlt ihre Selbstaufopferung mit einer schweren Neurose.

Diese Identifikationen mit der sozialen Rolle sind überhaupt ergiebige Neurosenquellen. Der Mensch kann sich eben nicht ungestraft seiner selbst zugunsten einer künstlichen Persönlichkeit entledigen. Schon der Versuch dazu löst in allen gewöhnlichen Fällen unbewußte Reaktionen aus, Launen, Affekte, Ängste, Zwangsvorstellungen, Schwächen, Laster usw. Der sozial «starke Mann» ist im «Privatleben» öfters ein Kind seinen eigenen Gefühlszuständen gegenüber, seine öffentliche Disziplin (die er ganz besonders von den andern verlangt) wird privat jämmerlich zuschanden. Seine «Berufsfreudigkeit» hat zu Hause ein melancholisches Gesicht; seine «fleckenlose» öffentliche Moral sieht hinter der Maske merkwürdig aus – wir wollen nicht von Taten sprechen, sondern bloß von Phantasien, auch wüßten die Frauen solcher Männer einiges zu erzählen; sein selbstloser Altruismus – seine Kinder haben andere Ansichten.

In dem Maße, in welchem die Welt das Individuum zur Identifikation mit der Maske herauslockt, ist das Individuum auch der Einwirkung von Innen preisgegeben. «Hoch steht auf tief», sagt *Laotse*. Von Innen drängt sich ein Gegenteil auf, ja es ist, als ob das Unbewußte mit derselben Macht das Ich unterdrückte, mit der letzteres von der Persona angezogen wird. Die Widerstandslosigkeit außen ... bedeutet eine ähnliche Schwäche innen gegenüber den Einflüssen des Unbewußten. Außen wird die wirksame und starke Rolle gespielt, innerlich entwickelt sich eine effeminierte Schwäche gegenüber allen Einflüssen des Unbewußten; Stimmungen und Launen, Ängstlichkeit, ja sogar eine verweiblichte Sexualität (gipfelnd in Impotenz) gewinnen allmählich die Oberhand.

(Grundwerk 3, 76 f.)

Die Identifikation mit Amt und Titel hat etwas Verführerisches, weshalb so viele Männer überhaupt nichts anderes sind als ihre von der Gesellschaft ihnen zugebilligte Würde. Es wäre vergeblich, hinter dieser Schale eine Persönlichkeit zu suchen. Man fände hinter der großen Aufmachung bloß ein erbärmliches Menschlein. Darum ist das Amt (oder was diese äußere Schale immer sei) so verführerisch: weil es eine billige Kompensation für persönliche Unzulänglichkeiten darstellt.

(Grundwerk 3, 29)

Ich möchte das Vorkommen wirklicher *Propheten* im allgemeinen nicht leugnen, jedoch möchte ich vorsichtshalber jeden einzelnen Fall zunächst einmal bezweifeln, denn es ist eine zu bedenkliche Sache, als daß man leichthin sich dazu entschließen könnte, ihn ohne weiteres für echt zu halten. Jeder richtige Prophet wehrt sich zunächst mannhaft gegen die unbewußte Zumutung dieser Rolle. Wo daher ein Prophet im Handumdrehen entsteht, denkt man besser an einen psychischen Gleichgewichtsverlust.
Neben der Möglichkeit, ein Prophet zu werden, winkt aber noch eine andere, subtilere und anscheinend legitimere Freude, nämlich die, *Jünger eines Propheten* zu werden. Dies ist für die große Mehrzahl eine geradezu ideale Technik. Ihre Vorteile sind: das «odium dignitatis», nämlich die übermenschliche Verpflichtung (der Würde) des Propheten, wird zu einem um so süßeren «otium indignitatis» (Muße der Unwürde): man ist unwürdig; bescheiden sitzt man dem «Meister» zu Füßen und hütet sich vor eigenen Gedanken.

(Grundwerk 3, 53 f.)

Wirkliches Können hat nur der, der's kann, und wirkliches Verständnis nur der Verständige. Niemand, der sich selbst nicht kennt, kann den anderen kennen. Und in jedem von uns ist auch ein anderer, den wir nicht kennen. Er spricht zu uns durch den *Traum* und teilt uns mit, wie anders *er* uns sieht, als *wir* uns sehen. Wenn wir uns daher in einer unlösbar schwierigen Lage befinden, so kann der fremde Andere uns unter Umständen ein Licht aufstecken, welches wie nichts anderes geeignet ist, unsere Einstellung von Grund auf zu verändern, nämlich eben jene Einstellung, die uns in die schwierige Lage hineingeführt hat.

(Werke 10, 177)

Folge 2: Der Massenmensch

Eine große Gesellschaft, aus lauter trefflichen Menschen zusammengesetzt, gleicht an Moralität und Intelligenz einem großen, dummen und gewalttätigen Tier.
(Grundwerk 3, 37)

Es ist eine offenkundige Tatsache, daß die Sittlichkeit einer Sozietät als eines Ganzen umgekehrt proportional ihrer Größe ist, denn je mehr Individuen sich ansammeln, desto mehr werden die Individualfaktoren ausgelöscht und damit auch die Sittlichkeit, die ganz auf dem sittlichen Gefühl und der dafür unerläßlichen Freiheit des Individuums beruht.
(Grundwerk 3, 37)

Je größer die Ladung des kollektiven Bewußtseins, desto mehr verliert das Ich seine praktische Bedeutung. Es wird von den Meinungen und Tendenzen des kollektiven Bewußtseins gewissermaßen aufgesogen, und dadurch entsteht der

Massenmensch, der stets einem -ismus verfallen ist. Das Ich bewahrt nur seine Selbständigkeit, wenn es sich nicht mit einem der Gegensätze identifiziert, sondern die Mitte zwischen den Gegensätzen zu halten versteht. Dies ist aber nur dann möglich, wenn es sich nicht nur des einen, sondern auch des anderen bewußt ist. Die Einsicht wird ihm allerdings nicht nur von seinen sozialen und politischen Führern schwergemacht, sondern auch von seinen religiösen. Alle wollen die Entscheidung für das eine und damit die restlose Identifizierung des Individuums mit einer notwendigerweise einseitigen «Wahrheit». Selbst wenn es sich um eine große Wahrheit handeln sollte, so wäre die Identifizierung damit doch etwas wie eine Katastrophe, indem sie nämlich die weitere geistige Entwicklung stillstellt. Anstatt Erkenntnis hat man dann nur noch Überzeugung, und das ist manchmal viel bequemer und darum anziehender.

(Grundwerk 2, 61 f.)

Vom Standpunkt des modernen Bewußtseins aus erscheint die Lage des mittelalterlichen Menschen als ebenso bedauernswert wie verbesserungsbedürftig. Die so notwendige Erweiterung des Bewußtseins durch die Wissenschaft hat nun aber die mittelalterliche Einseitigkeit, nämlich die seit alters vorherrschende und allmählich überfällig gewordene Unbewußtheit, durch eine andere Einseitigkeit ersetzt, nämlich durch eine Überwertung «wissenschaftlich» fundierter Anschauungen. Diese bezogen sich samt und sonders auf die Erkenntnis des *äußeren Objektes*, und zwar in einer dermaßen einseitigen Weise, daß heutzutage die rückständige Beschaffenheit der Psyche und vor allem der *Selbsterkenntnis* zu einem der dringendsten Zeitprobleme geworden ist.

Infolge der vorherrschenden Einseitigkeit und trotz einer erschreckenden demonstratio ad oculos eines dem Bewußtsein fremd gegenüberstehenden Unbewußten, gibt es aber noch zahllose Menschen, welche diesen Konflikten blind und hilflos ausgeliefert sind und ihre wissenschaftliche Gewissenhaftigkeit nur dem äußeren Objekt, nicht aber dem eigenen seelischen Zustand gegenüber anwenden. Die psychischen Tatsachen bedürfen aber objektiver Erforschung und Anerkennung. Es gibt objektive seelische Faktoren, die praktisch mindestens soviel bedeuten wie das Automobil oder das Radio. Schließlich kommt es vor allem darauf an (besonders bei der Atombombe), was man für einen Gebrauch davon macht; und letzteres ist bedingt durch den jeweiligen Geisteszustand. Dieser ist aber am schwersten bedroht durch die vorherrschenden -ismen, welche nichts anderes sind als gefährliche Identitäten des subjektiven mit dem kollektiven Bewußtsein. Eine solche Identität produziert unfehlbar eine Massenpsyche mit ihrer unwiderstehlichen Katastrophenneigung.

(Grundwerk 2, 62 f.)

Der zunehmende internationale Zusammenhang und die Schwäche der Religionen hat schon und wird in der Zukunft die Begrenzungen noch mehr verwischen oder überbrücken und damit eine amorphe Masse erzeugen, deren Prodrome (Vorboten) wir in den modernen Phänomenen der Massenpsyche bereits erblicken. Damit nähert sich die ursprüngliche, exogame Ordnung allmählich dem Zustand des mühsam gebändigten Chaos. Demgegenüber gibt es nur ein Mittel, nämlich die innere Verfestigung des Individuums, welches von einer sonst unvermeidlichen Verblödung und Auflösung in der Massenpsyche bedroht ist. Was dies bedeutet, hat uns die jüngste Vergangenheit (2. Weltkrieg) aufs klarste demonstriert. Davor hat keine Religion geschützt, und unser Ordnungsfaktor, der Staat, hat sich

sogar als tüchtigster Wegbereiter zur Vermassung entpuppt. Unter diesen Umständen kann wohl nur die Immunisierung des Individuums gegen das Gift der Massenpsyche von Nutzen sein . . .
Es ist nun von allergrößter Bedeutung, daß dieser Prozeß *bewußt* vollzogen wird, weil sich sonst unweigerlich die psychischen Folgen der Vermassung festsetzen werden. Wird nämlich die innere Verfestigung des Individuums nicht bewußt hergestellt, so tritt sie spontan ein und zwar in jener bereits bekannten Erscheinung, daß der Massenmensch sich gegen seinesgleichen in unvorstellbarem Maße verhärtet. Er wird zum seelenlosen Herdentier, nur noch regiert von Panik und Begierde. Seine Seele aber, die nur aus der menschlichen Beziehung lebt, geht verloren. Der bewußte Vollzug der inneren Einigung hält an der menschlichen Beziehung als an einer unerläßlichen Bedingung fest, denn ohne bewußte anerkannte und akzeptierte Bezogenheit auf den Nebenmenschen gibt es überhaupt keine Synthese der Persönlichkeit.
(Grundwerk 3, 186)

Erfährt man sich selbst und erkennt man schließlich mehr oder weniger deutlich, wer man ist, dann erfährt man auch etwas über Gott und wer Er ist. Richtet man sich aber nach dem (an und für sich notwendigen) Moralkodex, so kann man die göttliche Entscheidung sogar vereiteln, und dann geht man in die Irre.

(Briefe III, 28)

Folge 3: Verlangen nach Sündenböcken

Es muß Leute geben, die sich falsch benehmen; sie dienen den Normalen als Sündenböcke und als Gegenstand des Interesses.

(Werke 18/I, 114)

Daß Selbsterkenntnis und Besinnung not täten, werden Ihnen wohl viele zugeben, aber nur die wenigsten werden solche Notwendigkeiten für sich selber als verbindlich erachten.

(Briefe III, 207)

Der Verlust der eigenen Einsicht nimmt uns die Fähigkeit, *mit dem Bösen umzugehen.* Hier stoßen wir sogar auf ein prinzipielles Präjudiz der christlichen Tradition, welches unserer Politik nicht geringe Schwierigkeiten bereitet. Man soll nämlich das Böse meiden und es womöglich weder berühren noch erwähnen. Denn es ist auch das «Ungünstige», das Tabuierte und Gefürchtete. Die apotropäische Haltung zum und die (wenn auch nur scheinbare) Umgehung des Bösen kommen einer schon dem primtiven Menschen eigentümlichen Neigung entgegen, das Böse zu meiden, nicht wahrhaben zu wollen und wenn möglich über irgendeine Grenze abzuschieben, wie den alttestamentlichen Sündenbock, der das Böse der Wüste übergeben soll. Wenn man sich der Einsicht, daß das Böse, ohne daß der Mensch es je gewählt hätte, in der menschlichen Natur selber sitzt, nicht mehr entziehen kann, so betritt es die psychologische Bühne als ein ebenbürtiger Gegenspieler des Guten. Diese Einsicht führt unmittelbar zu einem psychologischen Dualismus, welcher unbewußterweise bereits in der politischen Spaltung der Welt und in der noch unbewußteren Dissoziation des modernen Menschen selber präfiguriert und vorausgenommen ist. Der Dualismus entsteht nicht erst durch die Einsicht, sondern wir finden uns bereits in einem gespaltenen Zustand vor. Es wäre unerträglich zu denken, daß wir eine derartige Schuldhaftigkeit persönlich verantworten müßten. Deshalb zieht man es vor, bei einzelnen Verbrechern oder Gruppen von solchen das Übel zu lokalisieren, sich selber aber die Hände in Unschuld zu waschen und die allgemeine Potentialität zum Bösen zu ignorieren. Auf die Dauer wird sich aber die Verharmlosung nicht aufrechterhalten lassen, denn die Quelle des Übels liegt, wie die Erfahrung zeigt, im Menschen.

(Lesebuch 314f.)

Unsere Mentalität ist dadurch charakterisiert – wie die Ereignisse in der Kriegszeit deutlich demonstriert haben –, daß wir mit einer schamlosen Naivität über den Gegner urteilen und im Urteil, das wir über ihn aussprechen, unsere eigenen Defekte verraten; ja, man wirft dem Gegner einfach die eigenen, nicht eingestandenen Fehler vor. Man sieht alles am anderen, man kritisiert und verurteilt am anderen, man will auch am anderen bessern und erziehen. Ich habe gar nicht nötig, zum Beweis dieser Sätze eine Kasuistik zusammenzubringen: die schönsten Beweise finden sich in jeder Zeitung. Es ist aber selbstverständlich, daß das, was im großen sich ereignet, auch im kleinen und einzelnen geschieht.

(Grundwerk 1, 156)

Wie jedermann weiß, sind wir noch weit entfernt von einer unserem wirklichen Wissen entsprechenden Selbstbesinnung. Wenn wir uns über irgend etwas bis zur Besinnungslosigkeit ärgern, so lassen wir es uns nicht nehmen, daß die Ursache unseres Ärgers ganz und gar draußen in jenem ärgerlichen Ding oder Menschen liege. Also trauen wir jenen Dingen die Macht zu, uns in den Zustand des Ärgers, eventuell sogar in den der Schlaf- oder Verdauungsstörung versetzen zu können. Wir verurteilen darum ungescheut und schrankenlos den Gegenstand des Anstoßes und beschimpfen damit ein unbewußtes Stück in uns selbst, das in das ärgerliche Objekt projiziert ist. (Grundwerk 1, 157)

Das Entscheidende liegt beim Menschen, der keine Antwort auf seinen Dualismus weiß. Dieser Abgrund hat sich mit den neuesten Ereignissen der Weltgeschichte sozusagen plötzlich vor ihm aufgetan ... In der Tat ist man sich auch heute noch der Tatsache so gut wie unbewußt, daß jeder einzelne ein Baustein in der Struktur der weltpolitischen Organismen ist und dementsprechend an deren Konflikt ursächlich teilhat. Er weiß sich einerseits als ein mehr oder weniger bedeutungsloses Einzelwesen und kommt sich als Opfer unkontrollierbarer Mächte vor, andererseits aber hat er einen gefährlichen Schatten und Gegenspieler in sich, der als unsichtbarer Helfer in die finsteren Machenschaften der politischen Ungeheuer verwickelt ist. Es gehört zum

Wesen politischer Körper, daß sie das Böse immer bei anderen sehen, ebenso wie der einzelne die fast unausrottbare Neigung hat, sich alles dessen, was er von sich nicht weiß und nicht wissen will, dadurch zu entledigen, daß er es dem anderen zuschiebt.

Nichts wirkt auf die Gesellschaft mehr zertrennend und entfremdend als diese moralische Bequemlichkeit und Verantwortungslosigkeit, und nichts fördert das Verständnis und die Annäherung mehr, als wenn die gegenseitigen Projektionen zurückgezogen werden. Diese notwendige Korrektur erfordert Selbstkritik, denn man kann nicht dem anderen befehlen, seine Projektionen einzusehen. Er erkennt sie ja als solche nicht, ebensowenig wie man es selber tut. Man kann das Vorurteil und die Illusion nur dann erkennen, wenn man aus einem allgemeinen psychologischen Wissen heraus überhaupt bereit ist, an der unbedingten Richtigkeit seiner Annahmen zu zweifeln und diese sorgfältig und gewissenhaft mit den objektiven Tatsachen zu vergleichen.

(Lesebuch 317f.)

An Traum und Selbsterkenntnis hängt unsere Zukunft

Wenn es dem Weißen nicht gelingt, seine eigene Rasse mit Hilfe seiner brillanten Erfindungen zu vernichten, wird er sich schließlich zu einem verzweifelt ernsthaften Selbsterziehungskurs bequemen müssen.
(Grundwerk 9, 161)

Was immer das endgültige Schicksal des Weißen sein wird, wir können wenigstens *ein* Beispiel für eine Kultur betrachten, die jede wesentliche Spur der Primitivität mit sich getragen hat und die den ganzen Menschen, von zuoberst bis zuunterst, umfaßt. Indiens Kultur und Psychologie gleicht seinen Tempeln, die in ihren Skulpturen das Universum darstellen, einschließlich des Menschen und aller seiner Aspekte und Tätigkeiten, als Heiliger oder als Scheusal. Dies ist vermutlich der Grund, weshalb Indien so traumartig erscheint: man wird ins Unbewußte zurückgestoßen, in jene unerlöste, unzivilisierte, urtümliche Welt, von der wir nur träumen, da unser Be-

wußtsein sie verleugnet. Indien stellt den anderen Weg der Zivilisierung des Menschen dar, den Weg ohne Unterdrückung, ohne Gewalttätigkeit, ohne Rationalismus.
(Grundwerk 9, 161)

Wir verstehen bloß jenes Denken, das nichts ist als eine Gleichung, aus der nie mehr herauskommt, als wir hineingesteckt haben. Das ist der Intellekt. Über ihn hinaus aber gibt es ein Denken in urtümlichen Bildern, in Symbolen, die älter sind als der historische Mensch, ihm seit Urzeiten angeboren und alle Generationen überdauernd, ewig lebendig die Untergründe unserer Seele erfüllend. Volles Leben ist nur in Übereinstimmung mit ihnen möglich. Weisheit ist Rückkehr zu ihnen.
(Grundwerk 9, 76 f.)

Es ist eine durch psychiatrische Erfahrung bestätigte Tatsache, daß alle Teile der Psyche, insofern sie eine gewisse Autonomie besitzen, Persönlichkeitscharakter aufweisen, wie die Spaltungsprodukte der Hysterie und der Schizophrenie, die «Geister» der Spiritisten, die *Gestalten der Träume* usw.
(Grundwerk 8, 106)

Ich hatte einmal einen persönlichen Konflikt mit einem Herrn A., wobei ich allmählich zu der Überzeugung kam, daß das Unrecht in höherem Maße auf seiner Seite lag als auf meiner. In dieser Zeit hatte ich folgenden Traum: *«Ich habe einen Advokaten konsultiert in einer gewissen Angelegenheit; er fordert für die Konsultation zu meinem grenzenlosen Erstaunen nicht weniger als Fr. 5000.–, wogegen ich mich energisch zur Wehr setze.»*

Der Advokat ist eine belanglose Reminiszenzfigur aus meiner Studienzeit. Aber die Studienzeit ist wichtig, weil ich dort viele Disputationen und Auseinandersetzungen hatte. Zu der brüsken Art des Advokaten fallen mir aber mit Affekt die Persönlichkeit des Herrn A. ein sowie der noch andauernde Konflikt. Ich kann nun auf der *Objektstufe* (der Traumbedeutung) weitergehen und sagen: Herr A. steckt hinter dem Advokaten, also überfordert mich Herr A. Er ist im Unrecht. Ein armer Student hat mich dieser Tage um ein Darlehen von Fr. 5000.– ersucht. Herr A. ist also ein armer Student, hilfsbedürftig und inkompetent, weil ganz am Anfang des Studiums. So jemand hat überhaupt keine Ansprüche zu machen oder Meinungen zu haben. Das wäre die Wunscherfüllung: mein Gegner wäre sanft entwertet, zur Seite geschoben, und mir wäre die Ruhe gewahrt geblieben. In Wirklichkeit aber erwachte ich an dieser Stelle des Traumes in lebhaftestem Affekt über die Anmaßung des Advokaten. Ich war also durch die «Wunscherfüllung» keineswegs beruhigt.

Gewiß steckt hinter dem Advokaten die unangenehme A.-Affäre. Aber es ist bemerkenswert, daß der Traum jenen indifferenten Juristen aus meiner Studienzeit herbeigeholt hat. Zum Advokaten fällt mir ein: Rechtsstreit, Rechthaben, Rechthaberei – und damit jene Erinnerung aus der Studienzeit, wo ich oft mit und ohne Recht eigensinnig, hartnäckig und rechthaberisch meine These verfocht, um wenigstens den Anschein der Überlegenheit mir zu erfechten. Dieser Punkt – und das fühle ich – hat in der Auseinandersetzung mit Herrn A. mitgewirkt. Damit weiß ich, daß ich es selber bin, nämlich ein der Gegenwart unangepaßtes Stück in mir, das rechthaberisch, wie damals, mich überfordert, das heißt zuviel Libido von mir erpressen will. Ich weiß damit, daß die strittige Angelegenheit mit A. darum nicht sterben kann, weil *der Rechthaber in mir* noch durchaus für einen «gerechten» Abschluß sorgen möchte.

Diese Auffassung hat zu einem mir sinnvoll erscheinenden Resultat geführt, während die Deutung auf der Objektstufe ergebnislos war, denn es liegt mir nicht im geringsten am Beweis, daß die Träume Wunscherfüllungen seien. Wenn ein Traum mir zeigt, was für einen Fehler ich mache, so verschafft er mir damit die Möglichkeit, meine Einstellung zu verbessern, was immer von Vorteil ist. Zu einem solchen Resultat gelangt man natürlich nur durch die Anwendung der *Subjektstufe* (der Traumbedeutung).

So einleuchtend die Deutung auf der Subjektstufe in einem solchen Fall sein mag, so wertlos kann sie in einem anderen sein, wo eine lebenswichtige Beziehung den Inhalt und Grund eines Konfliktes bildet. In diesem Fall ist natürlich die Traumfigur aufs reale Objekt zu beziehen.

(Grundwerk 1, 154 f.)

Die Traumimagines (Traumbilder) auf der Subjektstufe auffassen, bedeutet daher für den Gegenwartsmenschen dasselbe, wie wenn man dem Primitiven die Ahnenfiguren und Fetische wegnimmt und ihm beizubringen versucht, daß die «Medizinkraft» etwas Geistiges sei, das nicht im Objekt, sondern in der menschlichen Psyche stecke. Der Primitive empfindet einen legitimen Widerstand gegen diese ketzerische Auffassung,

und so empfindet es auch der Mensch der Gegenwart als unangenehm, vielleicht sogar als irgendwie gefährlich, die durch unermeßliches Alter geheiligte Identität von Imago (Innenbild) und Objekt aufzulösen. Die Folgen sind auch für unsere Psychologie kaum faßbar: man hätte niemand mehr, den man anklagen, niemand, den man verantwortlich machen, den man belehren, bessern und strafen könnte! Man hätte vielmehr in allen Dingen bei sich selber anzufangen, man hätte die Ansprüche, die man an andere stellt, einzig und allein an sich selber zu stellen.
(Grundwerk 1, 162)

Es unterliegt keinem Zweifel, daß auch in der demokratischen Welt die Distanz von Mensch zu Mensch viel größer ist, als es der öffentlichen Wohlfahrt dienlich ist oder gar dem seelischen Bedürfnis förderlich wäre. Es sind zwar vielerlei Bemühungen im Gange, allzu offensichtliche und hinderliche Gegensätze durch die idealistische Anstrengung einzelner zu überbrücken, indem an Idealismus, Enthusiasmus und ethisches Gewissen appelliert wird. Dabei vergißt man aber charakteristischerweise die unerläßliche Selbstkritik, nämlich die Beantwortung der Frage: Wer stellt die idealistische Forderung? Ist es nicht etwa einer, der seinen eigenen Schatten überspringt, um sich mit Begier auf ein idealistisches Programm zu stürzen, welches ihm ein willkommenes Alibi dem eigenen Schatten gegenüber verspricht? Wieviel Respektabilität und scheinbare Moralität gibt es, welche mit täuschendem Mantel eine sehr anders geartete innere Dunkelwelt verhüllt? Man möchte in dieser Hinsicht zuerst versichert sein, daß der, welcher von Idealismus spricht, selber ideal ist, damit seine Worte und Taten mehr seien als scheinen. Ideal sein ist aber unmöglich und bleibt darum in der Regel ein unerfülltes Postulat. Weil man hierfür im allgemeinen eine feine Witterung hat, klingen die meisten gepredigten oder vordemonstrierten Idealismen etwas hohl und werden erst akzeptabel, wenn auch ihr Gegenteil zugegeben ist.

Ohne dieses Gegengewicht überschreitet der Idealismus die Reichweite des Menschen, wird infolge seiner Humorlosigkeit unglaubhaft und entartet zum Bluff, wenn auch wohlgemeinterweise. Verblüffung eines anderen bedeutet illegitime Überwältigung und Unterdrückung, die nie zum Guten führen.

(Lesebuch 318 f.)

Nach Schopenhauer ist Humor die einzige göttliche Eigenschaft des Menschen.
(Briefe III, 51)

Es gibt heute eine ganze Menge von Dingen, die ein Erwachsener, um für sein Leben gerüstet zu sein, wissen müßte. Eigentlich sollte er diese Dinge schon in der Schule mitbekommen, aber dann ist er leider noch zu jung, um sie zu verstehen, und später veranlaßt ihn nichts mehr, in die Schule zu gehen. Niemand bringt in dieser Hinsicht nützliche Erkenntnisse an ihn heran. Er bleibt in einem Zustand kindlicher Unwissenheit. Man sollte so etwas wie Schulen für Erwachsene haben, wo man den Leuten wenigstens die Elemente der Selbst- und Menschenkenntnis beibringen sollte. Ich habe diesen Vorschlag schon oft gemacht, aber es bleibt beim frommen Wunsch, obschon gewiß jedermann theoretisch zugibt, daß es ohne Selbsterkenntnis keine allgemeine Verständigung geben kann. Man fände wohl Mittel und Wege, wenn es sich dabei um irgendein technisches Problem handelte. Da es aber bloß um das Wichtigste, nämlich um die Seele des Menschen und um die menschlichen Beziehungen, geht, so gibt es hierfür weder Lehrer noch Schüler, noch Lehrmittel, noch Lehrgänge, sondern es bleibt alles beim achselzuckenden «man sollte» stecken. Daß jeder bei sich selber anfangen sollte, ist viel zu unpopulär, und darum bleibt auch alles beim alten.

(Briefe II, 419)

Einsicht in den (eigenen inneren) Schatten führt zu jener Bescheidenheit, die zur Anerkennung der Unvollkommenheit notwendig ist. Es bedarf aber gerade dieser bewußten Anerkennung und Berücksichtigung, wo immer menschliche Beziehung hergestellt werden soll. Diese beruht nicht auf der Differenzierung und Vollkommenheit, welche nämlich den Unterschied hervorheben oder den Gegensatz herausfordern, sondern vielmehr auf dem Unvollkommenen, Schwachen, dem Hilfe- und Unterstützungsbedürftigen, das Grund und Motiv der Abhängigkeit bildet. Das Vollkommene bedarf des anderen nicht, wohl aber das Schwache, das Anlehnung sucht und darum dem Partner nichts entgegenstellt, was ihn in eine untergeordnete Position drängt oder gar durch eine moralische Superiorität demütigt. Ein solcher Fall tritt aber nur zu leicht dort ein, wo hohe Ideale eine zu deutliche Rolle spielen.

Überlegungen dieser Art darf man nicht etwa als überflüssige Sentimentalitäten auffassen. Die

Frage der menschlichen Beziehungen und des inneren Zusammenhaltes unserer Gesellschaft ist dringlich in Anbetracht der Atomisierung des bloß zusammengepferchten Massenmenschen, dessen persönliche Beziehungen durch das allverbreitete Mißtrauen unterhöhlt sind. Wo Rechtsunsicherheit, Polizeibespitzelung und Terror am Werke sind, fallen die Menschen der Vereinzelung anheim, was aber Zweck und Absicht des Diktaturstaates ist, denn er gründet sich auf die größtmögliche Anhäufung ohnmächtiger sozialer Einheiten. Dieser Gefahr gegenüber bedarf die freie Gesellschaft eines Bindemittels affektiver Natur, das heißt eines Prinzips, wie es etwa das der Caritas, der christlichen Nächstenliebe, darstellt. Aber gerade die Liebe zum Mitmenschen leidet am allermeisten infolge des durch Projektionen (auf den anderen) bewirkten Verständnismangels.

Es liegt daher im höchsten Interesse der freien Gesellschaft, wenn sie sich *aus psychologischer Einsicht* um die Frage der menschlichen Beziehung kümmert, weil auf dieser ihr eigentlicher Zusammenhang und somit auch ihre Stärke beruht. Wo die Liebe aufhört, beginnen die Macht, die Vergewaltigung und der Terror.

(Lesebuch 319 f.)

Was ist der große Traum? Er besteht aus den vielen kleinen Träumen und den vielen Akten der Demut und Unterwerfung unter ihre Andeutungen. Er ist *die Zukunft und das Bild der neuen Welt*, die wir noch nicht verstehen.

(Briefe III, 337)

Zitierte Werke

C. G. Jung, Gesammelte Werke, 19 Bände, Olten 1971 ff.

C. G. Jung, Briefe, 3 Bände, Olten 1972 f.

C. G. Jung / R. Wilhelm, Das Geheimnis der Goldenen Blüte. Ein chinesisches Lebensbuch, Olten 1971

Erinnerungen, Träume, Gedanken von C. G. Jung, aufgezeichnet von Aniela Jaffé, Olten 1971, Sonderausgabe 1984

Das C. G. Jung Lesebuch, ausgewählt von Franz Alt, Olten 1983

Grundwerk C. G. Jung, herausgegeben von Helmut Barz, Ursula Baumgardt, Rudolf Blomeyer, Hans Dieckmann, Helmut Remmler, Theodor Seifert, Olten 1984/85
Band 1: Grundfragen zur Praxis
Band 2: Archetyp und Unbewußtes
Band 3: Persönlichkeit und Übertragung
Band 4: Menschenbild und Gottesbild
Band 5: Traumsymbole des Individuationsprozesses
Band 6: Erlösungsvorstellungen in der Alchemie
Band 7: Symbol und Libido
Band 8: Heros und Mutterarchetyp
Band 9: Mensch und Kultur

Helmut Hark, Träume als Ratgeber. Deutungshilfen für die Praxis, Olten 1983

Maria Kassel, Das Auge im Bauch. Erfahrungen mit tiefenpsychischer Spiritualität, Olten 1986

Träume als Wegweiser, herausgegeben von Helmut Hark, Verena Kast, Ingrid Riedel, Olten 1986 (Bände: Traumbild Baum, Traumbild Feuer, Traumbild Fisch, Traumbild Fuchs, Traumbild Schlange, Traumbild Wasser, Traumbild Wüste; wird fortgesetzt)